무례한 사람으로부터 자유로워지는 법

참견은 빵으로 날려 버려

김자옥 에세이

필름

함께 들으면 좋은 OST

MIKA - Live Your Life

살면서 많은 것들을 참았다.

'나는 뒤끝은 없다'는 말로 그럴듯하게 포장한 배려 없는 솔직함을,

'다 너 생각해서 하는 말이야'라는 자기 속 시원하기 위해 하는 충고와 참견을,

'돌려서 말할 줄 모르니 대놓고 얘기하겠다'는 허락한 적 없는 무례함을,

'너는 다 좋은데 이게 문제야'라고 하는 부탁하지 않은 지적질을.

때로는, 상사의 납득할 수 없는 무례한 행동에도 대응 대신 인내를 택할 때도 있었고, '나랑 너 사이에' '우리끼리'라는 모호한 말로 일방적인 이해를 요구받기도 했다.

누가 시켰던가. 누가 참으라고 했는지 알 수 없지만 나는 참는 것 외에는 다른 방법이 없는 줄 알았다. '할 말 다 해놓고 남을 뒤끝이 뭐가 있어? 그렇게 말하면 네 속은 시원하겠다.'며 혼자서 끙끙거리면서 속앓이를 하는 것이 전부였다.

나만 참으면 많은 것이 해결될 줄 알았다. 그런데 참아도 해결되는 것은 하나도 없었다. 주변이 변하는 것도 그렇다고 내 마음이 편한 것도 아니었다. 참으면 참을수록 사람들은 "네가 이해해. 네가 그래도 마음이 넓잖아." "네가 참아. 어쩌겠어. 저 사람은 원래 그런 걸."이라며 내게 더 많은 인내를 원했고, 나에겐 깊은 상처만 남았다.

더 이상 상처받고 싶지 않았다. 그렇다고 해서 상대방

과 설전을 벌이거나, 내 감정을 전하고 내 생각을 이해시키느라 애쓰고 싶지도 않았다. 돌아올 상처가 더 클 거라는 걸 잘 알았기 때문이다.

나는 여러 고민과 궁리 끝에 참는 것도, 그렇다고 맞서 싸우는 것도 아닌 다른 방법을 택했다. 이 책에서는 내가 터득하고 실천하고 있는 나를 힘들게 하는 무례한 사람들로부터 자유로워지고 더불어 상처받지 않는 법을 소개하려 한다. 어떤 사람들은 다 무시하고 그냥 너답게 살면 되지 않느냐고 하고, 또 어떤 사람들은 왜 할 말을 못하느냐고 좀 더 당당해지라고 하지만 그게 그렇게 말처럼 쉬운 건 아니다. 또한 그러기 위해서는 많이 부딪혀야 하고 많은 에너지를 소비해야 한다. 게다가 각오도 단단히 해야 한다. 이런 거창한 각오 없이 피곤한 인간관계로부터 벗어나고 지금보다 조금 더 행복하길 바라는 사람들에게 이 책이 조금이나마 도움이 되었으면 한다. 그렇게 어렵지 않다. 또 그렇게 심각한 내용도 아니니 가볍게 읽고 한 번쯤 생활에 적용해 보길 바란다. 더불어 나 자신도 한 번쯤 돌이켜봤으면 좋겠다. 나도 누군가에게 나도 모르게 상처를 주지는 않았는지. 또 누군가에게는 피곤한 존재가 아니었을지.

2장 인정하기 _ '어쩔 수 없음'과 함께 사는 법

3장 덜어내기 _ 잠시 불행하고 오래 행복하려면

4장 상상하기 _
해롭지 않은 인간관계를 만들기 위하여

5장 당당하기_
내게 맞는 삶을 찾아 나선 나를 위하여

내 삶의 중심을 잡기 위하여

구분하기

거절할 용기와
거절당할 용기

기시미 이치로의 『미움받을 용기』가 한참 인기를 끌었다. '용기' 하면 늘 뭔가에 맞서 싸우는 씩씩한 모습을 떠올리던 내게 이 책은 받아들이는 것 또한 용기라는 새로운 생각을 갖게 했다. '미움받을 용기' 이후 사람들은 다양한 용기를 이야기하기 시작했다. 상처받을 용기, 나로 살아갈 용기, 버텨낼 용기, 누군가를 믿을 용기, 인정할 용기…. 이렇듯 용기는 다양한 모습으로 나타나 소소한 우리 일상을 가득 채운다.

그렇다면 이 많은 용기 중에서도 사람들이 여전히 내기 어려워하는 용기는 어떤 것일까? 바로 거절할 용기다. 상사의 무리한 지시에도 내 능력이 부족해 보일까 봐, 무례해 보일까 봐, 혹은 불이익이 있을까 봐 거절하기 힘들다. 동료의 부탁도 마찬가지다. 그 사람과 멀어질까 봐, 나의 평판이 나빠질까 봐 힘에 부침에도 불구하고 부탁을 받아들일 때가 있다. 회사뿐만 아니라 부모님, 친구, 지인, 심지어 아이 친구 엄마의 부탁까지도 거절하기란 쉽지 않다. 이유는 다 비슷하다. 나를 싫어하게 되지 않을까 하는 우려 때문이다. 능력이 되고, 시간적 여유가 있고, 그럴 마음이 든다면 물론 아무런 문제가 없다. 하지만 그렇지 않음에도 거절을 못하는 경우, 우리는 필연적으로 곤란함을 겪게 된다. 남의 부탁만 들어주다가 정작 내 일은 제대로 해내지 못해 침울해지고 싶지 않다면 내 능력 밖의 일, 시간상 도저히 할 수 없는 일은 반드시 거절해야 한다.

내 일을 책임질 사람은 나뿐이다. 내가 다른 사람의 부탁을 들어준다 한들 다른 누군가가 내 일을 대신 해주는 것은 아니다. "당신의 부탁을 들어주느라 내 일을 제대로 하지 못했다."고 하소연해도 소용없다. 즉 일의 결과는 달라지지 않는다.

때로는 별 의미도 없는, 꼭 내가 아니어도 되는 부탁 혹은 제안을 받을 때가 있다. 쇼핑을 같이 가자거나, 수다 모임에 오라거나, 술을 한잔 하자는 경우 등이 그렇다. 꼭 '나'여야 한다기보다 내가 가까이에 있기 때문에 호출되는 상황들. 반드시 내 안목이 필요하고, 꼭 내 조언을 듣고 싶어서 내게 도움을 청하는 경우가 아니라면, 게다가 흔쾌히 동행하고 싶은 마음도 없다면 용기 내어 거절하자. 또 그들을 걱정할 필요도 없다. 그들은 곧바로 다른 누군가를 찾아 나설 것이다. 혹시라도 나의 거절을 이해해 주지 못하는 사람이 있다면 그와의 관계를 다시 한 번 생각해 봐야 한다. 나의 의견을 존중해 주지 않고 무리하게 자기가 원하는 것만을 고집한다면 그 관계는 건강한 관계라 할 수 없다.

반대로 거절을 받아들이는 데도 용기가 필요하다.

'거절당할 수도 있다'는 생각을 가져야 한다. 거절을 당하면 마치 자신의 전부가 부정당한 것처럼 속상해하거나 심지어는 화를 내는 사람도 있다. 거절은 나(의 인격 혹은 존재)에 대한 것이 아니다. 나의 부탁이나 제안에 대한 것이다. '답정녀(답은 정해져 있고 넌 대답만 하면 돼)'가 아닌 이상 부탁이나 제안을 할 때에는 분명히 'NO'라는 선택지가 있음을 알고 있어야 한다.

한 예능 프로그램에서 윤종신은 이효리에게 곡을 10번 퇴짜 맞은 사연을 공개했다. 대강의 사연은 이랬다. 윤종신이 어느 날 빠른 템포의 댄스곡을 썼고 나름 괜찮다는 생각이 들어 이효리에게 연락했다. 그런데 이효리는 곡을 확인하고서 "오빠, 이 곡은 흥이 좀 안 나는 것 같아."라고 답했다. 윤종신은 "그럼 이 곡은 어때?"라며 다른 곡을 또 보냈다. 이효리의 반응은 비슷했다. 이후에도 윤종신의 제안은 계속됐는데, 10번도 넘게 곡을 보내오자 이효리도 "오빠 이제 곡 보내지 마."라고 이야기할 정도였다고. MC를 비롯해 이야기를 듣던 모든 게스트가 크게 웃었다. TV를 보던 나도 함께 웃었다. 재밌게 듣기는 했지만 마음 한편에서는 윤종신이 꽤 무안했으리라는 생각이 들었다. 그런데 오히려 윤종신은 재미있는 이야기라도 되는 듯 유쾌하게 말했다. 그러고는 한마디 덧붙였다.

"나는 원래 거절당하는 걸 두려워하지 않아요. 작곡가는 거절당하는 게 생활화돼 있어야 해요."

윤종신의 그런 모습을 보면서 오래가는 데는 다 이유가 있구나 싶었다.

전 직장의 상사는 저녁 6시쯤 되면 다른 직원들에게 전화를 걸어 "저녁 먹을 거야?"라고 물었다. 상대방이 안 먹는다고 하면 "응 그래. 알았어." 하고는 전화를 끊고 다른 직원에게 전화를 걸었다. 그렇게 저녁을 먹는다고 하는 직원이 있을 때까지 몇 차례 더 수화기를 들었다.

처음에는 여러모로 이 장면이 어색했다. 보통은 부하직원이 "저희 지금 식사하러 갈 건데 같이 가실까요?"라고 물으면 윗사람은 "그럴까?"하면서 못 이기는 척 따라 나서는 광경에 익숙해져 있었던 터라 상사가 먼저 식사를 하자고 제안하는 게 어쩐지 낯설게 느껴졌다. 심지어 부하 직원 쪽도 거절하는 데에 별 주저함이 없어 보였다. 그런데 거절당한 상사의 태도는 더 놀라웠다. 1초의 망설임도 없이 "응. 알았어."라고 하는 게 아닌가. 당황했다든가 순간적으로 머뭇거리는 듯한 기색은 전혀 없었다. 다른 약속이 있냐고 물어볼 법도 한데 한 번도 그런 적이 없었다. 거절당하는 걸 전혀 개의치 않는 듯했다. 한참이 지나서야 '그래, 이게 정상이지.'라는 생각이 들었다.

우리는 거절에 익숙해져야 한다. 거절을 하는 것뿐만 아니라 거절을 당하는 데에도 용기를 내야 한다. 내게 거절할 권리가 있는 것처럼 상대방에게도 거절할 권리가 있다는 걸 잊지 말아야 한다. 거절을 자존심과 연결시키는 것이 가장 어리석은 일이다. 거절은 나를 거부하는 것이 아니라 내 생각, 내 의견에 대해 동의 혹은 수용할 수 없음을 의미할 뿐이다. 의견과 사람을 분리해야 한다. 그래야 삶의 질이 높아진다.

선택을 맡기는 이유는
핑계를 대기 위함이다

대학을 졸업하고 회사 생활을 한 1년쯤 했을 때였다. 일본으로 어학연수를 가야겠다는 생각이 들었다. 공부를 더 하고 싶기도 했고, 어학 전공자가 그 나라에서 공부를 한 적이 없다는 게 핸디캡처럼 느껴졌다. 혼자서 이 것저것 알아봤다. 어학연수를 다녀온 사람도 만나 보고, 비용은 대략 어느 정도 드는지, 학교 수업은 어떻게 진행되는지, 숙소는 어디가 좋은지 등을 찾아 봤다.

얼추 중요한 것들이 정해지고 나서 부모님께 말씀드렸다. 부모님은 갑작스런 어학연수 이야기에 크게 놀라셨다. 그도 그럴 것이 줄곧 시골에만 살던 부모님으로선 딸이 해외로 공부하러 나간다는 생각을 해 본 적이 없으셨다. 부모님은 딸이 해외에서 혼자 사는 것도 걱정이고, 경제적인 문제를 해결할 수 있는지도 못 미더워하셨다. 나는 가서 아르바이트를 할 생각이고 다들 그렇게 생활한다고 했지만 부모님은 도통 믿음이 안 생기셨나 보다. 특히 아빠는 절대 안 된다며 극구 반대를 했다. 급기야 돈은 언제 모아서 시집은 언제 갈 거냐는 생각지도 못한 말을 꺼냈다. 갑자기 무슨 시집이냐는 나의 말에 아빠는 결국 "시집 안 가? 대학까지 뼈 빠지게 가르쳐 놨으면 일해서 돈 벌 생각을 해야지. 무슨 또 공부야. 너 결혼 자금까지 엄마 아빠가 대줘야 해?"라며 내 가슴에 비수를 꽂는 말을 했다. 대화는 거기서 멈췄다. 더 하고 싶지 않았다. 생각할수록 섭섭하고 화가 났다.

돈은 언제 벌 거냐는 아빠의 말이 계속 귓가에 맴돌았다. 지금까지 나를 빨리 처분해야 할 짐짝 정도로 생각했나 싶기도 했고, 내가 아들이었어도 이랬을까 싶었다. 한동안 나는 가겠다고 버티고 아빠는 안 된다고 버텼

다. 결국 나는 아빠의 의견에 따르기로 했다. 이 일은 아주 오래도록 내 마음속에 응어리처럼 남아 있었다. 시시때때로 꺼내 아빠를 원망했고, 이를 핑계 삼아 내 인생을 한탄했다. '그때 내가 일본만 갔어도 지금처럼은 안 살았을 거야.' '아빠가 언제 내 생각해 준 적 있어?'

오랫동안 아빠를 원망하면서 서서히 깨달았다. 그때 내가 일본에 가지 않았던 것은 아빠의 반대 때문이 아니라 내 용기가 부족했기 때문이라는 것을. 분명 내 일이고 내 인생임에도 불구하고 나는 그 중요한 결정을 아빠에게 맡기고 있었다. 아빠에게 선택을 맡기면 그만큼 나의 책임은 가벼워진다. 당시에는 그런 생각까지는 하지 못했지만 내 무의식의 어디에선가는 이미 알고 있었던 것이 아닐까? 내 의지가 확고했다면 아빠가 아무리 말렸던들 기어코 가고야 말았을 것이다. 내 의지가 확고하지 않았기 때문에 아빠의 반대에 쉽게 꺾였던 것이다. 그러고는 모든 책임을 아빠에게 넘겼다. "그때 아빠가 반대만 안 했어도"라며 아빠를 탓했다. 나는 제일 손쉽고 비열

한 방법을 택했다.

번역을 하다 보면 용어 선택이 항상 고민이었다. 딱 들어맞는 단어가 있으면 좋겠지만 그렇지 않은 경우가 더 많았다. 많이 찾아보고 고민을 해야 했다. 전에 다니던 회사에서는 번역자가 번역을 하면 기술 담당자가 그 번역문을 검토하는 식으로 일이 진행되었다. 바로 이때 기술 담당자 저마다의 특색이 드러난다. 어떤 사람은 내가 넘긴 번역문에 수정해야 할 부분이 생기면 알아서 수정을 했다. 어떤 사람은 나에게 이 단어를 선택한 이유를 묻고, 내 대답을 참고해 자기 나름대로 고민하고 결정을 내렸다. 또 어떤 사람은 나에게도 그 이유를 묻고, 옆 사람에게도 물었다. 그래도 뭔가 개운치 않을 때는 더 많은 사람에게 의견을 물었다. 그러고도 결정을 못 내려 하루 종일 그 건으로 여러 사람을 괴롭혔다.

'왜 저렇게 결정을 내리지 못하는 걸까?' 생각하다가 내 나름대로 결론을 내렸다. 답은 책임이었다. 지나치게 결정을 내리지 못하는 사람은 책임지는 것을 두려워했던 게 아닐까? 문제가 생겼을 때 "나는 충분히 여러 사람들의 의견을 들었다." 혹은 "나 말고 다수의 사람들도 이렇게 생각했다."라고 핑계를 대기 위함이 아니었을까?

　가끔 남의 의견에 지나치게 의존하는 경우가 있다. 사기 일인데도 불구하고 참고하는 수준을 넘어 결정권까지 내주기도 한다. 이는 그 사람의 의견을 존중해서가 아니라 스스로 짊어질 책임의 무게를 덜기 위함이다. 그래야 문제가 생겼을 때 "네가 이렇게 하라고 했잖아." "엄마가 그러라며."라고 핑계를 대며 마음의 짐을 덜 수 있다. 특히 요즘은 어려서부터 많은 것들을 부모님이나 선생님이 대신 정해 준다. 아이가 생각하고 결정하고 책임질 일이 많이 줄었다. 이 아이들이 어른이 되었을 때 스스로 선택하고 책임질 능력이 남아 있을지 조금은 걱정이 된다. 스스로 선택하고 책임질 수 있어야 어른이라고 할 수 있지 않을까?

'듣는 것'과 '들리는 것'의
결정적 차이

사람들은 생각보다 듣는 일에 익숙하지 않다. 듣는 게 뭐 어렵겠냐 싶겠지만 사람들은 의외로 가만히 듣는 것을 제일 어려워한다. 남의 이야기를 끝까지 듣는 데는 많은 인내심을 필요로 한다. 듣기만 해도 되는 것을 꼭 옳고 그름을 따지려 들거나 다른 사람이 말하는 동안에도 그 다음 내가 무슨 말을 할지 생각하느라 머릿속이 바쁘게 움직인다. 상대방의 이야기를 들어야 대화다운 대화가 가능할 텐데 말이다.

우리 부부는 자주 싸웠다. 심각한 상태로 간 적도 많았다. 나는 더 이상은 안 되겠다며 마음의 정리를 수십 번은 했다. 우리의 대화는 늘 평행선을 이루고 있었고, 서로의 말에 귀 기울이지 않았다. 남편은 언뜻 내 얘기를 듣는 것 같다가두 어느 순간부터는 지기 이야기만 했다. 나는 그 모습이 너무 싫었다. 남편의 이야기라면 더 듣고 싶지 않았다. 귀를 닫고 혼자 떠들게 한참을 내버려 두었다. 남편은 그런 나의 태도가 마음에 들지 않았는지 "사람이 말을 하는데 듣지를 않아."라며 불쾌한 듯 말했다. 그럼 나는 또 건성으로 피곤하다는 핑계를 대며 자리를 피하려 애썼다. 그러고 나면 남편은 짜증을 내며 그만하자고 응수하는 게 도돌이표처럼 계속되었다.

어느 날 우리는 서로 누가 더 힘든지 무슨 내기라도 하듯 회사에서 있었던 일을 이야기했다.

"오늘 또 열받는 일이 있었어. 부장은 매번 왜 그러나 몰라. 그리고 옆자리 직원은 불만이 있으면 자기가 나서서 얘기를 하든가. 계속 구시렁대기만 하고 어쩌라는 건지."

"나도 미치겠어. 올해 맡은 일도 많은데, 여기저기서
해 달라는 건 많고."

서로의 이야기에는 관심이 없었다. 각자 '내가 얼마
나 힘든지' '내가 얼마나 고생을 하는지'를 성토하는 데
에 열을 올리고 있었다. 어쩌다 서로의 이야기를 듣는가
싶으면 이윽고 대화는 충고로 이어졌다.

"회사가 다 그렇지. 어떻게 매번 좋은 사람들하고만
일해."

"대충 맞춰 주면서 일하는 거지. 뭘 일일이 스트레스
를 받고 그래."

그러면 대화는 거기서 끝이 났다. 둘 다 이야기할 마
음이 사라졌기 때문이다.

엄마와 나는 흔히들 말하는 살가운 모녀지간은 아니
다. 대화가 길게 이어지는 일도 별로 없다. 간단한 안부
를 묻고 나면 엄마의 물음에 거의 단답형으로 대답한다.
엄마는 주로 친구 딸이 이번에 결혼했는데 사위가 어디
사람이고 뭐 하는 사람이라더라, TV에서 봤는데 뭐가

몸에 그렇게 좋다더라 같은, 나와 상관없고 관심도 없는 이야기를 화젯거리로 삼는다. 그럴 때마다 나는 건성으로 대답하거나 때로는 핀잔을 주기도 했다. "엄마, TV에 나온다고 다 맞는 거 아니야." "아무거나 먹지 말고 제대로 병원에 가서 의사한테 확인하고 먹어." 혹시나 잘못된 걸 먹어서 오히려 건강을 해치는 건 아닐까 걱정하는 마음에 이렇게 대답을 하면, 대화는 늘 거기서 끝이 났다.

생각해 보면 엄마가 하는 말을 그냥 들어 주는 게 뭐 그렇게 어렵다고 안 들었나 싶다. 또 TV에 나온 정보가 맞는지 아닌지가 뭐 그렇게 중요하고 대단한 문제라고 정색을 했나 싶기도 하다. 엄마는 그저 나랑 대화를 하고 싶어 이런저런 이야기를 꺼낸 것뿐이었을 텐데. 그냥 가만히 듣고 있다가 "그래? 그게 그렇게 좋대?" 정도만 했어도 됐을 것을….

시댁의 세 남자, 아버님과 두 아들의 대화를 듣고 있으면 참 재미있다. 이건 대화라고 해야 할지, 각자의 독백이라고 해야 할지 분간이 안 된다. 분명 셋이서 이야기를 나누고 있는데 각자 전혀 다른 이야기를 하고 있다. 평행선도 이런 평행선이 없다.

"어제 아부지가 아는 사람을 하나 만났는데…"

"아부지, 나는 어제 와이프랑 애 데리고…"

"나는 요즘 영 바빠서 정신이 하나도 없네. 요새는…"

어느 날은 집으로 돌아오는 길에 남편에게 물었다. "셋이 대화한 거 맞지?" 남편은 영문을 모른 채 왜냐고 묻는다. "아니 서로 다른 이야기를 하길래."라고 대답하자 남편은 "우리가 그랬나?"라며 고개를 갸우뚱거렸다.

우리 부부의 모습도 밖에서 보면 이러지 않았을까 싶다. 절대 가까워질 수 없는 평행선을 걷고 있었던 것은 아닐까? 상대의 말을 들으려 하지 않는 한, 둘 사이의 평행선에 접점은 영원히 생기지 않는다. 두 평행선이 언젠가 만나길 바란다면 먼저 상대의 이야기를 들어야 한다. 제대로 듣고 알맞게 반응해야 한다. 그래야 말하는 사람에게 '내 얘기를 듣고 있구나' 하는 안도감이 생긴다. 안도감이 생기면 하고 싶은 말을 다 하게 되고, 그럼으로써 상대방의 이야기를 들을 마음의 여유가 생긴다. 내 이야기는 그때 가서 해도 전혀 늦지 않다.

　가끔 "내 이야기 듣고 있어?"라고 물으면 "듣고 있어. 얘기해." 하고 대답하는 경우를 본다. 말하는 사람으로 하여금 상대가 듣고 있지 않다고 느끼게 하는 것은 듣는 것이 아니다. 그건 듣고 있다고 하는 것이 아니라 '들린다'고 하는 게 맞다. 듣는다는 것과 들린다는 것에는 큰 차이가 있다. 들리는 건 마음을 쓰지 않아도, 굳이 귀 기울이지 않아도 몸의 감각 기관이 소리를 알아차리는 것이다. 거기에 다른 의미는 없다. 그러나 듣는다는 행위는 귀로 하는 게 아니라 마음으로 하는 것이다. 그렇게 마음으로 들을 때 머리는 잠시 쉬게 하자. 묵묵히 듣고 제대로 반응해 주는 게 먼저다.

마음보다 앞선 말,
말을 따라가 버린 마음

얼마 전 〈어서와 한국은 처음이지〉라는 프로그램을 봤다. 남아프리카 공화국 친구들이 한국을 방문한 듯했다. 낯선 여행지 한국에서 이런저런 고생을 하고 있었다. 택시를 잡는 데도 애를 먹었고, 비가 와 기대했던 야구 경기는 취소된 데다, 찾아간 사우나는 여성 전용이어서 들어가지도 못했다. 그때마다 TV 속 친구들은 말했다.

"시행착오를 겪어야 여행하는 거 같지."

"최악의 상황은 아닌 거 같아."

"그래도 다행이야. 여기도 좋아."

TV를 보는 내내 '어떻게 저런 상황에서 저런 말이 나오지?' '저 사람들 뭐야?'라는 생각이 절로 들었다. 영상을 같이 보던 MC들도 감탄을 했다. "우와, 진짜 무한 긍정이다. 무한 긍정!" 개그맨 김준현이 말했다. "진짜 멋있다. 그래, 저렇게 살아야 돼." 나 같았으면 이미 짜증을 내고도 남을 상황이었다. 우리 세 식구는 여행을 자주 가는 편인데 즐거운 기억도 많지만 여행 가서 싸운 기억도 많다. 예상보다 시간이 오래 걸려서, 버스 번호를 잘못 알아 가서, 길을 헤매서, 생각보다 볼거리가 없어서, 심지어는 맛집이라고 찾아간 곳이 맛이 없어서 티격태격한 적도 있다. 지금 생각하면 그 먼 곳까지 가서 굳이 왜 그러고 왔나 싶다.

우리 부모님은 칭찬과 격려에 많이 인색한 편이었다. 나는 "잘했다." "다 잘될 거야."라는 말보다 잘못한 것에 대한 지적과 꾸지람을 더 많이 듣고 자랐다. 부모님 나름대로 아이들은 엄격하게 키워야 한다는 신념에서 그랬겠지만 나에게는 그다지 긍정적인 영향을 주진 못한 듯하다. 외려 그 영향으로 나는 부정적인 사람이 되어 있었고, 부정적인 말로 내 삶의 많은 부분을 채우고 있었다.

이 사실을 안 건 그리 오래되지 않았다. 그것도 아는 동생이 사용하는 말을 들으면서 깨달았다. 그 동생은 내게 항상 "잘했어요." "걱정할 거 없어요. 잘될 거예요."라는 말을 자주 해 줬다. 그뿐만 아니라 본인에게 좋지 않은 일이 생겼을 때도 "앞으로 다 잘되려고 이런 일도 생기는 거죠 뭐. 처음부터 다 잘 풀리면 재미없잖아요."라고 했다. 나로선 꽤 낯선 말들이었다. 나라면 분명 이렇게 말했을 터였다. "이럴 줄 알았어. 내가 그럼 그렇지." "아, 짜증나. 되는 게 없어." 하고 말이다.

그 동생을 보면서 내가 사용하는 말에 문제가 있다는 걸 처음 알게 되었다. 불행하게도 남편은 나보다 부정적인 말을 더 많이 사용했다. 그는 자주 "어차피 안 돼." "이거 봐. 안 될 줄 알았어." "내 인생이 그렇지 뭐."라는 말을 입버릇처럼 달고 살았다. 이런 말을 옆에서 듣고 있으면 의욕이 생기다가도 힘이 다 빠졌다. 나 역시 그렇다는 걸 알고 나서 남편도 마찬가지였겠구나 싶었다. 우린 서로 에너지를 뺐고 뺏기는 사이였다는 걸 뒤늦게 깨달았다. 저절로 아이 생각이 났다. 아이에게 꽤 많은 영향을 줬겠구나 싶었다.

　내가 이토록 부정적인 표현을 사용하고 있다는 걸 알기 전까지 모든 말은 마음에서 비롯된다고 생각했다. 나는 왜 이런 말들을 사용했을까 곰곰이 생각해 보니 마음에서 비롯됐다기보다 습관에 더 가까운 듯했다. 마음이 움직이기도 전에 습관처럼 굳어진 말이 먼저 튀어나왔다. 어려서부터 몸에 밴 말인지, 언제부터 내가 이런 말들을 사용했는지는 정확히 알 수 없지만 확실한 건 마음보다 말이 앞섰다는 것이다. 그리고 결국 마음도 말을 따라 움직였다. 잘될 거라는 생각보다 안 될 거라는 확신이 커졌고, 해 볼 만하다는 생각보다 해서 뭐 하나라는 생각에 사로잡혔다.

　이 사실을 깨닫자 당장 말부터 바꿔야겠다는 생각이 들었다. "안 돼."라는 말보다는 "해 볼 만해."로, "그럴 줄 알았어."보다는 "괜찮아. 다시 해 보면 되지."로, "힘들어 죽겠어." 대신 "힘들지만 아직은 할 만해."로 말이다. 나도 모르게 하는 부정적인 말을 발견할 때마다 하나씩 바꿔 나가기로 했다. 나의 변화를 시작으로 우리 가족은 조금씩 바뀌어 가고 있다.

나도 모르게 사용하는 부정적인 말이 있다면 그 말이 마음에서 나오는 것인지 습관에서 비롯된 것인지 먼저 잘 살펴봐야 한다. 그 말이 습관적으로 나오는 것이라면 반드시 고쳐야 한다. 마음이 말을 만들지만 말 또한 마음을 만든다. 부정적인 말을 사용하다 보면 마음도 어쩔 수 없이 이를 따라가게 된다. 되는 게 하나도 없는 삶을 살고 싶다면 "되는 게 하나도 없다."고 말하면 된다. 반대로 그래도 다행인, 행복한 삶을 살고 싶다면 "다행이다. 이것도 나름 괜찮은데?"라고 하면 된다. 선택은 각자의 몫이다. 말하는 대로 이루어진다는 말이 괜히 있는 게 아니다.

솔직하다는 사람들이
말하는 예민함이란

가끔 번역을 하고 있다는 내게 "요즘은 구글 번역기가 좋아져서."라든가, "번역이 돈이 돼?"라고 말하는 사람들이 있다. 필터를 전혀 거치지 않은 듯한 발언에 놀라지 않을 수가 없었다. 어쩌면 저렇게 듣는 사람 입장을 조금도 생각하지 않을 수 있나 신기하기까지 했다. 무례한 건지, 무지한 건지, 아니면 일부러 그러는 건지 헷갈리기도 했다. 이렇게 생각 없이 말을 툭 내뱉는 사람 중에는 꼭 "내가 좀 그렇지? 내가 좀 직설적이라."라고 하는 사람들이 있었다. 딱히 할 대답도 없고 그저 멋쩍게 웃었

지만 속으로는 생각했다. '직설적인 게 아니라 무례한 거 겠지.'

　"난 하고 싶은 말은 못 참는 성격이라." "난 좀 솔직한 편이라서." "그래도 뒤끝은 없어."라며 자기감정, 자기 생 각을 순도 백 퍼센트, 있는 그대로 상대에게 털어 버리는 사람들이 있다. 이 말 뒤에는 '그러니 네가 이해해.'라는 말이 생략되어 있다. 그들의 요구대로 내가 이해하지 못 하면 나는 그저 속 좁은 사람, 쿨하지 못한 사람이 되어 버린다. 어쩜 이렇게 일방적일 수 있을까 싶다. 신기하다 못해 가끔은 그 단순함이 부럽기까지 하다. 그런데 재미 있게도 이렇게 말하는 사람들 중 대부분은 남의 솔직함 에는 전혀 쿨하지 못하다는 것이다. 어떻게 나한테 그런 말을 할 수 있냐며 밤잠을 설치기도 하고 너무 분해 밥이 안 넘어간다고도 한다. 평생 잊지도 않는다. 두고두고 곱 씹는다. 뒤끝 작렬이다. 참 아이러니하다.

　자기 좋을 대로만 솔직한 이런 부류의 사람들에게 무

슨 말을 그렇게 하냐며 정색이라도 하면 이런 건 또 어찌나 잘 피해 가는지. "말이 그렇다는 얘기야."라고 한 발짝 물러선다. 그러고는 얄밉게 한마디 덧붙인다. "예민하기는, 뭘 그렇게 까칠하게 굴어." 고수도 이런 고수가 없다. 자신의 말실수나 무례함은 뒤로한 채 비난의 화살을 상대방 쪽으로 교묘히 돌린다. 나는 별 뜻도 없었는데 네가 오버한 거라는 식이다. 상처 되는 말을 던져 놓고 늘별 뜻이 없었단다. 한 번만 생각해 보면 상대는 대단한 뜻으로 받아들일 수 있는 말임을 알 수 있을 텐데 왜 그 한 번을 고민하지 않는 걸까 싶다.

예전에는 이런 말에 잘 속아 넘어갔다. 내가 좀 예민한가? 요즘 좀 까칠해졌나? 왜 이러지? 하면서 내 탓을 하기도 했다. 이젠 잘 속지 않는다. 내가 예민한 게 아니라 그들이 무례한 것이라는 확신이 생겼기 때문이다. 지금은 혼자서 나를 탓하는 대신 "내가 좀 예민했나? 미안."이라고 그들처럼 쿨하게 답한다. 이러면 보통 그들 중 대부분은 "아니 뭐 미안할 거까진 없지만…"이라고 말하며 말끝을 흐린다. 무슨 말을 하는지 더 기다려 본다. 듣고 있으면 궁색하기 짝이 없다. 한참을 듣다 보면 웃음이 피식하고 나온다. 애쓴다 애써.

이긴 건
알고 보면 진 것

　정치에 크게 관심은 없지만 부모님의 이야기를 듣다 보면 가끔 '저건 아닌데' 하는 생각이 들 때가 있다. 그래서 한두 마디 더하다 보면 여지없이 논쟁으로 번진다. 논쟁을 하면 할수록 양쪽의 생각이 많이 다르다는 것만 확인할 수 있다. 남편과 이야기를 나눌 때 역시 남녀의 역할이나 역차별 등에 대한 생각에는 대부분 동의하지 않는다. 남편의 말을 듣다 보면 가슴 깊은 곳에서부터 울화가 치밀 때가 있다. 마찬가지로 못 참고 한두 마디 하다 보면 어느새 언성까지 높아진다.

논쟁은 참 신기하다. 시작하면 꼭 이기고 싶어진다. 내 말만 맞는 것 같고 상대방 말은 다 틀린 것 같다. 상대방이 하는 말은 다 말도 안 되는 억지처럼 들린다. 그렇게까지 관심 있던 것도, 확신에 차 있었던 것도 아닌데 논쟁을 하다 보면 강한 확신과 신념까지 생긴다. 이 확신이 맞는지 어떤지 알지 못한 채. 그렇지만 어찌 됐든 내 말이 정답이란 생각이 든다. 그러다 보면 '어떻게 저런 생각을 하지?'라는 생각과 함께 상대방을 무시하게 된다. 상대방이 이런 내 맘을 모를 리가 없다. 상대 역시 나를 무시한다. 결국에는 서로 감정만 상한다. 내 생각이 바뀌지도, 상대방이 내 말을 이해하고 받아들이지도 않는다. 서로의 견해 간에는 여전히 거리가 있다. 남은 건 마음의 상처뿐이다.

얼마 전에 엄마와 통화를 하는데 엄마가 갑자기 "나라에서 일을 어떻게 하길래…"라며 흥분을 하기 시작했다. 한참을 들었다. 이해가 되는 부분도, 아닌 부분도 있었지만 그냥 "그러게."라고만 답했다. 굳이 내 생각까지

보탤 이유가 있겠나 싶어서였다. 내가 별로 반응이 없자 엄마는 곧 다른 이야기로 화제를 돌렸다. 남편은 지금도 종종 "요즘 젊은 엄마들은 도대체 뭐가 힘들다고…"라는 말을 할 때가 있다. 그걸 듣고 있으면 마음이 복잡해진다. 사실 할 말은 많지만 이때도 그냥 "그러게."라는 말 외에 별다른 말을 하지 않는다. 내가 남편의 의견에 반대를 하면 할수록 남편의 생각은 확고해질 거라는 걸 너무나도 잘 알기 때문이다. 내가 "그러게."라고 짧게 답하면 재미가 없어서인지 남편의 말은 더 이상 길어지지 않는다.

가급적 쓸데없고 소모적인 논쟁은 피하자. 특히 상대방의 생각이 확고할수록 반론은 금물이다. 내가 반론할수록 그 생각은 더 단단해진다. 내 이야기가 들어갈 틈이 없다. 그때부터는 대화라고 할 수도 없다. 서로 자기주장만 펼칠 뿐이다. 내가 아무리 논리적으로 접근한다 한들 받아들여지지 않는다. 사실 논리적이라는 것도 내 생각일 뿐이지, 상대방은 전혀 그렇게 생각하지 않는다. 상대방에게는 그저 '억지'에 지나지 않는다. 논쟁은 불필요한 에너지를 소비시키고 부정적인 감정을 일으킨다. 논쟁으로 상대를 이기려 하지 마라. 논쟁에서 완벽한 승리란 없다. 때론 이겼다 생각할 수도 있겠지만 이긴 논쟁은 알고 보면 진 게임이다. 필연적으로 나에 대한 반감을 남길 수밖에 없으므로.

나니까 이런 말도
해주는 거야

친한 사이일수록, 가까운 사이일수록 말을 쉽게 하는 경향이 있다. 다른 사람이라면 몇 번을 생각했을 말을 별 고민 없이 한다. 때론 친하니까 하는 말이라며 안 해도 될 말까지 해 준다. 이들이 즐겨 하는 말은 "나니까 이런 말도 해 주는 거야." "주변에 이런 말 해 줄 사람 나 말고 또 누가 있어."이다. 언뜻 들으면 내 생각을 해 주는 것처럼 들려 때론 고마운 마음이 들기도 한다.

하지만 잘 생각해 보면 그게 아니다.

너니까 더더욱 그런 말을 해서는 안 되는 거다. 다른

사람은 다 되도 너는 안 된다. 다른 사람이 하는 말은 전혀 상처가 되지 않지만 네가 하는 말은 상처가 된다. 게다가 주변에 그런 말 하는 사람 진짜 너밖에 없다. 다들 듣는 사람 기분이나 입장을 생각해서 조심하고 신중하게 말을 아끼는 데 왜 유독 너만 이러는지 알 수가 없다. 굳이 말을 그렇게까지 할 필요가 있냐고 서운한 내색을 비추면 "내가 너한테 이 정도 말도 못해?"라며 되레 섭섭해한다. 참 그 마음을 알 수가 없다. 너니까 하는 말이라며, 나도 나니까 하는 말인데.

친하고 가까운 사이일수록 쉽고 당연하게 여기게 되는 것, 소홀하게 대하는 것을 경계하자. 우리 생활에서 전기나 가스만 봐도 금방 알 수 있다. 둘 다 우리 생활과 떼려야 뗄 수 없을 정도로 친숙한 것들이지만 소홀히 여기는 순간 큰 사고로 이어질 수 있다. 많은 사람들이 친하면 소홀히 대해도 된다고 생각하고 함부로 대한다. 함부로 대하는 순간부터 남보다 못한 사이가 되어 간다. 친하다고 생각했던 사람이 던지는 무심한 한마디가 더 가습을 아프게 하고, 가까운 사람에게 받는 상처가 더 큰 법이다.

　　가깝다고 다 좋은 관계는 아니다. 가까운 건 그냥 가까운 것일 뿐이다. 좋은 관계는 서로의 마음을 먼저 생각해 준다. 가깝다는 핑계로 아무 말이나 던져 상처 주고, 그 상처 때문에 힘들어하는 이에게 뭘 그런 걸로 상처를 받느냐고 하는 사람이라면 그 사람은 좋은 사람도, 내 사람도 아니다. 정리를 생각해 봐도 좋다. 여기서 말하는 정리란 관계를 끊는 것만을 말하는 것은 아니다. 더 이상 기대지 않는 것, 더 이상 바라지 않는 것, 언젠간 변하겠지 하는 희망을 갖지 않는 것, 진짜 속마음은 안 그럴 거야 라는 기대를 버리는 것 등을 의미한다. 기대하는 만큼 상처는 커진다. 사람은 쉽게 변하지 않는다. 변화를 기다리느니 내가 변하는 것이 빠르다. 내 마음을 정리하는 것이 나를 지키는 길이다. 쉽게 상처 주는 사람은 미련 없이 정리하자.

누군가 빨리 간다고
내가 느린 것은 아니다

친구 중 하나는 은연중에 상대방을 자꾸 깎아내리는 버릇을 갖고 있었다.

"오늘 옷이 왜 이래?"

"안 좋은 일 있어? 얼굴이 왜 그래?"

만나자마자 이런 말부터 하곤 했다. 이런 말을 들을 때마다 내 옷이 너무 별로인가, 얼굴색이 그렇게 안 좋은가 고민이 됐다. 그 친구는 대화 도중에도 다른 사람의 말을 자주 무시했다.

"나 어제 그 영화 봤는데 되게 괜찮더라."

"야, 애냐? 그런 걸 보게."

"그게 왜?"

"하긴 뭐, 넌 워낙 취향이 독특하니까."

다른 사람이 누군가를 칭찬하는 것도 가만히 듣는 법이 없었다.

"너는 일본어 하니까 회사 그만둬도 집에서라도 계속 일할 수 있겠다."

"야, 곧 있으면 자동 번역기 성능도 좋아질 텐데. 그때 되면 번역 일도 다 없어져."

비슷한 모습을 회사 후배에게서도 발견했다. 이 후배는 한참을 막내로 지냈는데 드디어 자기 밑으로 후배 하나가 들어와 그동안 하던 잡다한 업무를 넘겨주게 되어 무척 기뻐했다. 그러나 기쁨은 잠시뿐이었다. 모든 사람의 관심이 새로 들어온 막내에게로 넘어갔기 때문이다. 사람들은 오랜만에 들어온 막내를 많이 반겼고 예뻐했다. 조금만 잘해도 크게 잘했다고 하고, 조금만 웃어도 밝고 상냥하다며 좋아했다. 조금만 열의를 보여도 일할 자세가 되어 있다며 칭찬하기 바빴다. 후배는 그게 못마 땅했던 모양이다.

"야, 너 지금이니까 사람들이 좋아하는 거야. 나한테도 그랬어."

"옛날에 대표님이 나를 얼마나 예뻐했는데, 지금 너한테 하는 거랑은 비교도 안 됐어."

막내에게 무안을 주고 사람들 앞에서도 무시를 했다. 어리석게도 너무 티가 났다.

나는 아닌 줄 알았다. 나는 그런 과의 사람과는 다르다 생각했다. 아니었다. 회사에 뛰어난 스펙을 가진 게다가 어리기까지 한 친구들이 들어오면 불안했다. 나는 이때까지 뭐 했나 싶기도 했고, 허구한 날 계획만 세우고 아무것도 하지 않는 내가 한심하고 초라해 보였다. 그럴 때마다 생각했다.

'스펙만 중요한 게 아니야.'

'달달 외우기만 하면 따는 자격증이야.'

'어차피 똑같은 월급쟁이야. 별것도 아냐.'

자꾸만 그 사람을 끌어내리려 하는 나를 발견하게 됐다. 입 밖으로 표현만 안 했을 뿐이지, 나도 그 후배와 별반 다르지 않았다.

왜 이럴까? 왜 자꾸 사람들은 남을 깎아내리려 하는걸까? 사람은 누구나 잘나고 싶어한다. 내가 남보다 뛰어났으면 좋겠고 돋보였으면 좋겠다. 하지만 그게 간단한 일이 아니다. 남들도 다 똑같은 생각을 하고 다 열심히 살아가니까. 그래서 자꾸 쉬운 방법을 택한다. 남을 깎아내리면 그 순간만은 내가 뭐라도 된 것만 같은 착각을 하게 된다. 참 쉽다. 별다른 노력 없이 비난과 험담 몇 마디면 충분하니까. 그럼 잠시나마 모래성 같은 우월감을 느낄 수 있다. 나도 그랬던 것 같다. 잘나 보이는 사람이 있으면 내가 뒤처진 것처럼 느껴져 불안했다. 노력으로 그 사람을 따라잡자니 힘이 많이 들 것 같고, 그냥 손 놓고 보고 있자니 질투와 열등감으로 마음이 편치 않았다. 나도 모르게 손쉬운 방법을 택했다. 그가 이룬 것과 그간 들인 노력을 하나씩 끌어내렸다. 그럼 나보다 아래는 아니더라도 적어도 나와 비슷한 높이에 그가 있는 듯했다. 그러곤 혼자서 안도감을 느꼈다.

어느 후배와의 대화 중 충격을 받은 일이 있었다.

"이번에 제 친구가 좋은 데로 취직했어요. 너무 잘 된 거 같아요. 친구가 정말 가고 싶어 했던 곳이거든요."

"그래?"

"어릴 적부터 친했던 친구인데 그동안 취직이 안 돼서 많이 힘들어했어요. 거기 진짜 좋다던데, 너무 기뻐요."

그다지 특별할 것도 없는 대화였지만 후배의 마음 씀씀이에 적잖이 놀랐다. 나는 누군가를 이렇게 순수하게 응원하고 축하해 줬던 적이 있었나 싶었다. 앞에서는 잘 됐다고 축하해 주면서도 마음 한구석에서는 왠지 모를 질투가 있었다. 나보다 훨씬 더 잘되는 거 아닌가 하는 불안감마저 있었다. 후배의 모습에서 그런 건 전혀 찾아볼 수 없었다. 당사자가 없는 자리에서도 이렇게 응원과 축하를 보낸다는 것이 왠지 낯설게 느껴졌다. 내가 많이 못나 보였다.

우린 종종 상대가 올라가면 내가 내려가고, 상대가 내려가면 내가 올라간 것처럼 느끼곤 한다. 마치 시소를 타는 것처럼. 아주 큰 착각이다. 상대가 올라가든 내려가든 간에 내 위치는 변함이 없다. 후배는 이미 알고 있었나 보다. 누군가 뛰어나더라도 또 누군가가 잘되더라도 내가 뒤처지는 게 아니라는 것을. 누군가 빨리 간다고 해서 결코 내가 느린 게 아니라는 것을.

눈치가 그냥 커피라면
센스는 티오피(TOP)

아이가 돌이 되기 전에 다시 일을 시작했다. 어려서부터 엄마의 손길을 덜 받은 탓인지 아이는 나이에 비해 조금 어른스러웠고, 분위기 파악이 빨랐다. 그런데 그런 아이를 두고 지인이 내게 이렇게 말하는 것이었다.

"애가 너무 일찍부터 눈치를 많이 보는 거 같아."

"그런가? 좀 어른스럽기는 하지."

"나이에 비해 어른스러운 거 별로 좋은 거 아니야. 애는 애다워야지."

기분이 상했다. 자기 아이나 잘 키울 것이지, 쓸데없

는 참견은……. 내 눈에는 배려심 많고, 상대 마음에 공감할 줄 알고, 센스 있는 아이로 보이는데 그 사람의 눈에는 그렇지 않았나 보다. 눈치와 센스는 어떤 차이가 있을까?

유독 대표의 눈치를 많이 보는 상사가 한 명 있었다. 결재를 받으러 갈 때도 대표의 기분을 살폈고, 분위기가 좋지 않다 싶으면 결재를 미뤘다. 보고를 하러 갈 때는 더 심했다. 마치 어딘가로 끌려가기라도 하는 사람처럼 보였다. 전화를 받아도 목소리가 기어들어 갔다. "아, 네 네. 그게 아니고… 아, 알겠습니다."

옆에서 보고 있으면 안쓰럽기까지 했다. 저렇게까지 할 필요가 있을까. 그런 모습을 보고 우리끼리는 얘기했다.

"평소에 일을 잘했어 봐. 눈치 볼 게 뭐가 있겠어."

"그러게. 참, 왜 저러나 몰라."

이건 분명 눈치였다. 센스라고 하기에는 무리가 있었다.

〈꽃보다 할배〉라는 TV 프로그램에서 네 명의 원로 배우들과 배우 이서진, 최지우가 함께 두바이 여행을 갔다. 두바이의 무빙워크는 유난히 길었다. 평소 다리가 불편했던 백일섭의 표정이 좋지 않았다. 이서진은 바로 최지우에게 눈짓을 보냈다. 최지우는 얼른 백일섭에게 다가가 팔짱을 끼고 활짝 웃으며 말했다. "쌤~ 너무 길죠?" 이 한마디에 굳어 있던 백일섭의 표정이 풀렸다. 이서진과 최지우의 센스가 빛을 발하는 순간이었다.

눈치와 센스는 똑같이 분위기를 살피고, 상대방의 표정을 읽는 능력이다. 다만 분위기를 살피는 과정에서 내가 작아지느냐 아니냐의 차이가 있을 뿐이다. 상사는 분명 대표의 기분을 살필 때 작아졌다. 작아지다 못해 때로는 저러다 증발해 버리는 거 아닌가 싶을 때도 있었다. 내 의견이 사라지고, 내 목소리가 사라지고, 내 존재가 사라질 것만 같다면, 눈치를 보고 있는 것이다. 이때는 당연히 마음도 괴롭다. 반면 센스는 내가 작아지지 않는다. 마음이 괴롭지 않다. 상대방이나 내가 속한 곳의 분위기를 위해 잠시 나를 낮출 수 있는 건 마음이 단단하지 않고서는 할 수 없는 일이다.

우리 아이는 내 기분이 안 좋으면 바로 알아차린다. 와서 왜 기분이 안 좋은지 물어본다. 그러고는 나를 안아 주고 애교를 부린다. 가끔 목소리만 듣고서도 "엄마 왜 화내요?"라고 물어볼 때가 있다. 그러면 조금 무안해지기도 한다.

"아닌데? 화나 보였어?"

"응."

"아니, 네가 준비를 빨리 안 하니까. 엄마가 조금 답답해서."

"그럼 그렇게 말을 하지. 빨리 준비할게요."

그러고는 나를 녹이는 한마디, 필살기를 날린다.

"엄마, 나 한 번만 안아 줘요."

아이는 작아지지 않았다. 괴로워하지도 않았다. 그럼 이건 센스가 아닐까?

많은 사람들이 센스 있는 사람을 부러워하고 그렇게 되고 싶어 한다. 나 역시 마찬가지다. 나는 분위기 파악이나 상대의 기분을 파악하는 데는 빠른 편이다. 게다가 꽤 정확하기까지 하다. 하지만 센스는 그게 다가 아니다. 분위기를 빠르고 정확하게 판단한 뒤 그 분위기를 주도하는 것까지가 '센스의 영역'이다. 상대를 보면 '지금 살짝 기분 안 좋아진 거 같은데?' '머릿속으로 딴생각하네.'가 눈에 훤히 보이지만, 센스 있는 말 한마디 못 꺼내고 '뭐 그러거나 말거나'가 되어 버리는 나는 내가 봐도 참 답답하고 안타깝다. 그러나 어쩔 수 없다. 내 매력은 여기까지인 것을.

항상 눈치를 보는 게 싫다면 눈치를 센스로 바꿔 보는 것은 어떨까. 습관처럼 자꾸 남의 기분을 의식하고 분위기를 살핀다면, 먼저 내가 작아질 만한 상황인지 생각해 보자. 만약 전혀 그런 상황이 아니라면 상대를 위해 잠시 나를 내려놓는 것뿐이라고 생각하자. 나를 잠시 내려놓는다고 내가 정말 내려가는 것도 아니니까. 분위기 파악이 빠른 것은 외려 큰 장점이다. '너도 즐겁고 나도 편해지자'라는 마음으로 이 훌륭한 장점을 활용한다면 마음이 훨씬 가벼워지지 않을까? 이 정도면 매력적인 사람이라고 할 수 있지 않을까?

기억도 안 날
사람이다

우리가 남의 평가에 민감한 것은 우리 안에 존재하는 노예근성 때문이다. 고대 노예제 사회에서 노예는 자기 자신을 주체적으로 평가하지 못했다. 노예를 평가할 수 있는 사람은 어디까지나 주인뿐이기 때문이다. 노예는 주인이 잘했다고 칭찬하면 기뻐하고 못했다고 지적하면 슬퍼한다.

– 니체

남의 평가에 민감한 게 노예근성 때문이라고? 참 생

각할수록 기분이 나쁘다. 나는 결코 그런 사람이 아니라고 발끈해 봐도 "노예는 주인이 잘했다고 칭찬하면 기뻐하고 못했다고 지적하면 슬퍼한다."는 대목에서 나의 오기는 힘을 잃는다. 생각할수록 부정을 못하겠다.

전 회사에서 실력만큼은 누구나 인정하는 한 선배가 있었다. 이력도 화려했고 경력도 상당했다. 기술 부분에서도 지식이 풍부했다. 그 회사에서 오래 근무했기 때문에 회사 내부 사정도 잘 알고 있었다. 윗사람들의 인정도 받고 있었기 때문에 회사에서 자기 목소리를 당당히 낼 수 있는 유일한 존재였다. 그 선배의 주 업무는 다른 사람들이 작성한 번역문을 검토하는 일이었다. 선배에게 검토를 받고 나면 왠지 마음이 놓였다. 그 선배에게 검토 받은 문서라고 하면 더 이상 누구도 토를 달지 않았다.

선배에게 처음 번역문을 검토 받았을 때 기억이 아직도 생생하다. 선배는 파란색 펜을 즐겨 썼는데 종이 한 장이 온통 파란색이었다. 충격이 꽤 컸다. 체크된 것을 받아 들고는 한참을 바라봤다. 시간이 갈수록 체크되는 부분이 줄긴 했지만 체크가 된 부분을 들고 혼자서 한참 고민에 빠졌다. 뭘 틀렸지? 왜 고쳤지? 뭐가 다른 거지? 하면서 꼼꼼히 다시 살펴봤다. 왜 틀렸는지 이유를 알아 냈을 때는 '역시!' 하면서 선배를 더 우러러보기도 했다. 가끔은 도통 그 이유를 알 수 없어 한참을 망설이다 주뼛 거리며 가서 물어봤다.

"저… 이 부분이요. 제가 한 거랑 체크해 주신 거랑 어떻게 다른 건지 잘 모르겠어서요."

"네가 한 것도 틀린 건 아닌데, 뉘앙스상 이게 더 어 울릴 것 같아서 고쳤어."

"아… 네."

이럴 땐 한참을 고민하게 된다. '뉘앙스상'이라는 말 이 영 와닿지 않기 때문이다. 자리로 돌아와서는 한참을 읽어 본다. 나도 그 뉘앙스를 느껴 보고자 했지만 늘 희 미했다. 얼마나 더 봐야할까 하는 답답함이 밀려왔다. 이 런 때는 여지없이 내가 많이 작아 보였다.

매일 아침 출근하면서 '오늘은 많이 틀리지 말아야

할 텐데.' 하고 미리 걱정을 하기 시작했다. 수정된 것이 적은 날은 왠지 뿌듯했고, 그렇지 않은 날은 자책을 했다. '왜 자꾸 틀리지.' '언제쯤 실력이 늘까?' '나를 얼마나 한심하게 볼까?' 싶었다.

그러는 한편으론 실력을 키우기 위해 할 수 있는 최선의 노력을 했다. 원서도 꾸준히 읽었고, 뉴스나 사설도 꼬박꼬박 챙겨 읽었다. 틈이 날 때마다 회사의 지난 문서를 찾아 읽었다. 실력은 늘었지만 그럴수록 더 욕심이 생겼다. 더 잘하고 싶었고, 또 잘한다는 말도 듣고 싶었다. 어느 날 선배에게 이런 속마음을 털어놨다. "더 잘하고 싶은데 맘처럼 되지 않아 답답하고 많이 속상해요." 심각한 나와는 달리 선배는 너무나도 쿨하게 대답했다. "아냐, 너 잘하고 있어. 내가 본 사람 중에서 네가 제일 실력이 빨리 늘었어. 지금처럼만 하면 돼." 이 말이 내게 큰 위안이 되었다. 왠지 모를 뿌듯함마저 있었다.

그 회사에서 일한 지 10년이 훌쩍 넘은 시절까지도 선배의 검토는 여전히 계속되고 있었다. 선배의 영향력

1장 | 구분하기

은 더 세진 듯했다. 업무 외적으로도 선배를 따르는 사람들이 생겼다. 소위 말하는 줄을 서기 위한 사람들이었다. 눈에 거슬리긴 했지만 어느 정도는 이해할 수 있었다. 친해져서 나쁠 건 없으니까. 나도 점점 선배의 검토 결과뿐만 아니라 무심코 던지는 말 한마디에도 기분이 왔다 갔다 했다.

언제부터인지 이런 내 모습이 우습게 느껴졌다. 어떤 문서도 한 번에 완벽하게 작성되기 어렵다는 걸 알기에 회사는 검토를 하라고 사람을 뽑았고, 그 사람은 자기 일에 성실히 임하는 것뿐인데 수정이 될 때마다 신경을 곤두세울 필요가 있을까 싶었다. 내가 내 일을 열심히 하는 것처럼 선배도 선배 일을 하는 것뿐인데 말이다. 더 이상 선배의 검토에 예민해지지 않기로 했다. 물론 선배의 말도 크게 신경 쓰지 않기로 했다.

가끔 오디션 프로그램을 볼 때가 있다. 참가자들은 평가단 앞에 나와 한껏 자신들의 실력을 뽐낸다. 그러고는 평가단의 심사평을 떨리는 마음으로 기다린다. 나도 같이 기다린다. 심사평은 내 의견과 일치할 때도 있지만 그렇지 않을 때도 종종 있다. 참가자들은 좋은 심사평을 받으면 세상을 다 얻은 것처럼 기뻐하고 그렇지 않으면 크게 낙담한다. 간혹 탈락하는 참가자 중에는 거기서 인생이 끝난 것처럼 슬퍼하고 눈물을 쏟는 사람도 있다. 보는 내가 더 안타깝다. "나는 좋았는데…"라고 혼자 중얼거린다. 오디션 프로그램에서는 혹평을 받았지만 나중에 잘되는 친구들이 얼마나 많은가. 낙담하는 어린 친구들을 볼 때면 엄마의 마음이 되곤 한다. '괜찮아. 저 사람들이 보는 눈이 없는 거야. 네 인생에서 그렇게 중요한 사람도 아니야. 신경 쓰지 않아도 돼.'라고 혼자서 위로의 말을 전한다.

나보다 앞서간 사람들을 보면서 꿈을 키우고 실력을 향상시켜 나가는 것은 바람직한 일이다. 그들에게 인정을 받고 싶은 것도 어쩌면 당연한 일인지 모른다. 그런데 간혹 그들의 평가나 인정을 절대적인 것으로 받아들일 때가 있다. 때로는 그들의 의견이 아닌 그들의 존재 자체에 의미를 부여하기도 한다. 그들에게 내 하루를 맡기고 내 인생의 성공 여부까지 맡기려고 한다. 그들에게 너무 많은 권한을 주고 있는 것은 아닌지 한 번쯤은 생각해 봐야 한다. 그럴 정도로 대단한 사람인지, 그만한 자격이 있는 사람인지 의심을 품어 봐야 한다. 내가 어느 정도 위치에 올라가면 더 이상 커 보이지 않을 사람들이 대부분이다. 퇴사하면 생각도 안 나고 몇 년만 지나도 기억도 안 난다. 부서만 옮겨도 볼 일이 없다. 내 인생에서 그저 지나가는 사람들일 뿐이다. 그들보다 내가 더 중요하다. 그들에게 내 인생을 맡기지 말자.

배려와
부담 사이

친구들과 셋이서 여행을 다녀온 적이 있다. 출반 전부터 이 여행이 힘들겠다는 불길한 예감이 들었다. "어디 어디 가고 싶어? 각자 가고 싶은 곳 말해 주면 내가 일정 짜 볼게." 내가 먼저 나서서 얘기했다. 둘 다 그러겠다고는 했지만 그 이후로 아무 말이 없었다. 혼자 여기저기 찾아보고 맘에 드는 곳을 골라 보여 주었다. 어떠냐고 의견을 물을 때마다 "좋아, 괜찮은데?"라는 말이 돌아왔다. 둘에게 다시 물었다. "더 가 보고 싶은 데는 없어?" 둘은 약속이라도 한 듯 똑같이 대답했다. "너 가고 싶은

데로 가. 난 아무 데나 괜찮아." "나도 너 가는 대로 따라
갈게." 무슨 여행을 이렇게 가나 싶었다. 자기 돈 내고 가
는 여행인데 아무 데라도 괜찮다니, 또 내가 가는 대로
따라간다니, 내가 어딜 갈 줄 알고? 결국 그들의 말대로
내가 알아서 일정을 짜고 일정표를 보내 주었다. 역시 별
말이 없었다.

드디어 여행지에 도착했다. 짐을 풀고 이제 막 목적지
로 이동할 참이었다.

"우리 이제 어디가?"

힘이 풀렸다. 분명히 일정표를 보내 줬음에도 목적지
에 도착할 때마다 친구들은 "여긴 뭐 하는 데야?" 하고
물어 왔다. 정말 아무 데나 와도 상관이 없었던 건가? 적
어도 뭐하는 곳인지 정도는 알고 와야 하는 거 아닌가?
나를 전적으로 믿은 건지 아니면 그냥 생각이 없는 건지
헷갈리기 시작했다.

여행 중간중간 기대에 못 미치던 곳이 있었다. 다른

곳으로 이동을 할지 더 머물지 결정을 해야 했다. 그때도 마찬가지였다.

"어떻게 할까? 이동할까, 아님 좀 더 볼까?"

"넌 어떻게 하고 싶은데? 너 하고 싶은 대로 해."

밥을 먹을 때도 그랬다. 식당을 미리 정해 놓지 않은 날은 어김없이 이런 대화가 오갔다.

"뭐 먹지? 뭐 먹을까?"

"넌 뭐 먹고 싶어? 너 먹고 싶은 데로 가자."

조금씩 지치기 시작했다. 여행 중간쯤엔 이런 생각이 들었다.

'차라리 혼자 올걸….'

회사 다닐 때 점심 메뉴에 그다지 신경 쓰는 편이 아니었다. 뭘 먹어도 상관없었고, 특별히 좋아하는 것도 싫어하는 것도 없었다. 대개는 후배들의 의견에 따랐다.

"뭐 먹을까요? 드시고 싶은 거 있으세요?"

"글쎄, 난 아무거나 상관없는데, 너네 먹고 싶은 거 먹어."

"뭐 먹지… 음, 김치찌개 괜찮으세요?"

"좋아."

거의 이런 식이었다. 그러던 어느 날이었다. 후배들은 여느 때와 똑같이 물었다. "우리 뭐 먹을까요?" 나도 똑같이 대답했다. "글쎄, 너네 가고 싶은 데로 가." 그런데 생각지 못한 말이 돌아왔다. "언니도 한번 생각해 봐요." 예상치 못한 말에 당황했다. 후배 목소리에 약간의 피곤함과 짜증이 묻어 있는 듯했다. 생각해 보니 그럴 만도 했다. 나는 매번 메뉴를 정할 때마다 의견을 내지 않았다. '난 뭐든 상관없으니 너네 먹고 싶은 거 먹어.'라는 내 나름의 배려였지만 후배 입장에서는 매번 메뉴를 정해야 하니 부담스러웠을 것이다. 나의 배려는 그들에게 전혀 배려가 아니었다.

친구들과의 여행이 생각났다. 친구들도 생각이 없어서가 아니라 나를 배려하는 차원에서 계속 "너 하고 싶은 대로 해."라고 한 것일 수도 있다. 그렇지만 그 배려는 나에게 부담으로 다가왔고, 나중에는 피로하기까지 했다. 아마 후배들도 나처럼 부담과 피로감을 느끼지 않았을까. 그리고 그들도 나와 똑같은 생각을 했을지도 모른다. '생각 좀 하지. 생각을 안 해.'라고.

'너 좋을 대로 해' '네가 원하는 대로 해'라는 말은 어떤 측면에서 보면 굉장한 배려처럼 느껴지기도 한다. 나를 먼저 생각해 주는 듯하고 나에게 전적으로 맞춰 주는 듯하다. 물론 말하는 사람도 분명 그런 뜻으로 말했을 것이다. 그러나 매번 "너 하고 싶은 대로 해."라고 한다면 상대방은 이걸 배려라고 느끼지 않는다. 오히려 책임 전가 혹은 생각 없음으로 받아들인다. 조금 불편해도, 마음에 들지 않더라도 다 맞춰 준 이들은 자신들의 배려에 고마워하기는커녕 생각 없는 사람으로 취급받아 억울하고 서운하다고 생각할지도 모르겠지만.

지나친 배려는 하는 사람도 받는 사람도 힘들게 만든다. 배려를 하는 사람은 맞춰 주느라 힘이 들겠지만, 배려를 받는 사람은 책임감과 부담감 때문에 힘이 든다. 결국 어느 쪽에서건 지치는 사람이 생긴다. 이런 관계는 오래갈 수도, 좋은 관계로 발전하기도 어렵다. 누군가를 지치게 하는 배려는 배려가 아니다. 오히려 독이다.

'어쩔 수 없음'과 함께 사는 법

인정하기

화를 내면 어른스럽지
못한 건가요?

나는 아주 오랫동안 화를 잘 참았다. 분명히 화가 나는 상황에서도 절대 밖으로 새어 나오지 못하도록 화를 꾹꾹 눌렀다. 화는 내서도 안 되며 화를 주체하지 못하고 쉽게 밖으로 표출하면 미성숙한 인간이라 생각했다. 언제부터, 어디서부터인지 모르겠지만 나중에는 내 안의 화를 부인했던 것 같다. 마치 처음부터 화 같은 건 내 안에 있어 본 적 없었다는 듯이 스스로에게 최면을 걸었다.

내 주변에는 유독 화를 잘 내는 사람들이 많았다. 화

를 잘 낸다기보다 화를 주체하지 못한다는 설명이 더 정확하겠다. 그들은 작은 일에도 버럭 소리를 지르거나, 사소한 일에도 열을 냈다. 분이 풀릴 때까지 속에 있는 말을 전부, 아니 없는 말까지도 다 뱉어 냈다. 분에 못 이길 때는 며칠씩 앓아눕기도 했다. 그러다가 혼자 화가 풀리면 언제 그랬냐는 듯이 평소처럼 행동했다. 그런 그들이 공통적으로 자주 하는 말이 있다. "나는 그래도 뒤끝은 없잖아." 차라리 그냥 뒤끝이 있는 편이 낫겠다 싶다.

어려서부터 나는 화를 내는 게 싫었다. 화내는 어른을 보면 바보같이 느껴졌고 '난 절대 저러지 말아야지.'라고 생각했다. 내 화는 나 혼자서 감당하겠다고 다짐했다. 이제 와서 생각해 보니 '난 절대 저러지 말아야지.'라는 생각이 '화를 내면 안 된다.'로 잘못 인식된 듯싶다. 화가 나는 일이 생길 때마다 죽을힘을 다해 참았다. 가슴이 떨리고 마음이 타들어 가는 것만 같아도 절대 내색하지 않았다. 바보 같아 보이는 게 싫었다. 지나치게 스스로를 억누르고 검열하다 보니 점점 감정 표현을 안 하게 되었다. 부모님은 이런 내가 답답했는지 나를 두고 종종 속을 알 수가 없다고 하셨다. 이런 말을 들을 때도 화는 났지만 속으로 삼켰다.

이런 나와는 달리 남편은 화를 잘 내는 편이다. 처음에는 그런 남편이 이해가 되지 않았다. 남편의 다른 어떤 행동보다 화를 내는 모습에 더 화가 났다. '어른이 왜 자기화 하나 제대로 다스리지 못할까?' 하는 생각이 컸다. 남편은 당연히 이런 생각을 이해하지 못했다. 오히려 화를 어떻게 다스리냐며 화를 낼 만하니까 내는 것 아니겠냐고 맞받아쳤다. 나로서는 그 말이 더 이해가 되지 않았다.

'화'가 궁금해서 이런저런 책을 찾아보다 김형경 작가의 『사람풍경』에서 놀랄 만한 부분을 발견했다.

"그렇게 억압된 분노는 어떤 식으로든 간접적으로 표출되면서 그 사람의 삶을 공격한다."

간접적으로 분노를 표출할 때 나타나는 행동 유형 대부분이 나에게 해당되었다. 소극적으로 행동하기, 사람들을 피해 혼자 있기, 침묵 속에 앉아 있기, 습관적으로 불평불만 늘어놓기, 짜증스럽고 신경질적인 말투로 이야기하기, 타인의 말에 꼬투리 잡기…. 그동안 나는 참은 게 아니었다. 나도 모르게 다른 방식으로 화를 표현하고 있었던 것이다. 그것도 아주 부정적으로. 김형경 작가는 분노는 사랑처럼 누구에게나 있는 지극히 정상적이고 당연한 감정이라며, 분노를 자신에게 속한 감정의 일부로 정직하게 인정하라 말하고 있었다.

문제는 나에게 있었다. 그동안 내 안에서 일어나는 감정을 부끄러운 것으로 여기고 있었던 것이다. 숨기고 참고 급기야는 부인했다. 그것으로도 모자라 남편에게도 참고 숨기라고 강요했다. 김형경 작가의 『천 개의 공감』에 틱낫한 스님의 말을 인용한 부분이 있다.

"화는 보살핌을 간절히 바라는 자신의 아기다."

아기가 울면 달래 주고 왜 우는지 알아내려 애쓴다. 배가 고픈 건지, 졸린 건지, 안아 달라는 건지, 이것도 해 보고 저것도 해 본다. 모른 척하거나, 방치해 두지 않는다. 화도 아기를 달래는 마음으로 대했어야 했다. 우선 내 안에 '화'라는 감정이 생겨났음을 인지하고 받아들여야 했다. 그러고는 이 '화'가 어디에서 왔는지 살펴봐야 했다. 상대방의 말에 상처를 받은 건지, 상처받을 만한 말이었는지, 왜 예민해졌는지, 예전에 했던 비슷한 경험이 나를 괴롭히는 건 아닌지, 혹시 상대방이 화를 내는 모습에 나도 덩달아 화가 난 건 아닌지 같은 것들을 말이다. 그리고 나서 그에 맞게 대처해야 했다. 상대에게 내가 화가 났음을 알려야 하는 상황이면 솔직하게 알리고, 내 마음을 보듬어 주어야 하는 상황이면 스스로를 달랬어야 했다. 그동안 나는 아예 처음부터 모른 척, 내 마음을 방치해 두었음을 뒤늦게 깨달았다.

나는 이제 화가 날 때뿐만 아니라 갑자기 짜증이 날 때, 마음이 급해질 때, 불안해질 때에도 내 감정을 먼저

찬찬히 들여다본다. 축소하지도, 과장하지도 않고 있는 그대로 받아들인다. 그리고 충분히 그럴 수 있다고 스스로 안심시킨다. 그래도 된다고, 당연한 마음이라고, 괜찮다고. 그러면 마음이 한결 가벼워진다.

더불어 이젠 주변 사람들의 화도 이해할 수 있게 되었다. 모두 보살핌이 필요했던 것이다. 나 좀 봐 달라고, 나 좀 감싸 달라고 하는 호소였다. 지금까지 나는 안아 주고 달래 주는 대신 '어른답지 못하게'라면서 냉정한 시선을 보냈다. 아직 누군가를 감쌀 정도로 성숙해졌다고 말하긴 어렵지만, 이제는 화를 내는 사람을 봐도 '저 사람은 무엇 때문에 저렇게 괴로워하는 걸까?' 하고 측은한 마음으로 바라볼 수 있게 되었다.

또라이 상사에게
대처하는 법

　직장 생활을 오래 하면서 다양한 사람들을 만났다. 그중에는 정말 이해하기 힘든 사람, 상식을 넘어서는 사람도 있었다. 사람들은 이들을 가리켜 '또라이'라고 한다. 특히 이런 또라이가 상사일 때는 참 난감하다. 그동안 여러 또라이 상사를 겪어 봤다. 어떤 상사는 평소에는 조용하고 점잖았는데, 업체 직원만 방문하면 '갑질'을 해 댔다. 별것도 아닌 걸 트집 잡아 호통을 쳤다. 그뿐만 아니라 한참 어린 직원에게는 말을 함부로 했다. 대신 윗사람에게는 그렇게 깍듯할 수가 없었다. 어떤 상사는 시도 때도 없이 버럭 소리를 질러 댔다. 맥락도 없고 이유도 없었다. 그야말로 뜬금이 없었다. 아무리 이해를 해 보려 해도 무슨 이유로 소리를 지른 건지, 이게 그렇게 소리를 지를 만한 일인지 납득이 되지 않았다. 주변 동료들은 그런 그를 두고 몸에 화가 많아서 그런 거라며 그럴 때마다 '발작'이 시작됐다고 했다. 어떤 상사는 그날그날 기분에 따라 업무 스타일이나 직원을 대하는 태도가 완전히 달라졌다. 기분이 나쁜 날은 하나하나 다 트집을 잡고 언성을 높이고 얼굴을 붉혔다. 하루 종일 표정도 굳어 있었다. 가끔은 '나 오늘 기분 별로니 조심해.'라는 사인이라도 보내고 싶은 듯 과하게 얼굴을 일그러뜨리기도 했다. 직원들은 뒤에서 "왜 저래."라며 수군거렸다. 기분이 좋은 날이면 기획이든 결재든 웬만하면 다 통과가 되었다. 이런 날은 쓸데없이 직원들에게 친한 척을 하기도 하고 농담도 던졌다. 바로 어제 그렇게 화를 내놓고도 말이다. 가끔은 소름이 끼치기도 했고 정신세계가 의심스럽기도 했다.

또 어떤 상사는 정작 중요한 건 그냥 넘어가고 전혀

중요하지도 않은 것을 붙잡고는 설교나 잔소리를 늘어놓았다. 때론 설교하다 혼자 욱할 때도 있었다. 듣고 있자면 '아니 이게 왜 중요하지?'라는 생각이 절로 들었다. 이런 거라도 트집 잡아 권위를 내세우고 싶은 건가 하는 생각도 들었다.

능력은 없는 대신 자존심만 센 상사도 있었다. 하는 일마다 온통 실수투성이인데 그걸 또 알려 주면 지적이라 생각했다. 일부러 그렇게 했다는 말도 안 되는 핑계를 대기도 했다. 자기 생각이 틀렸다는 걸 뻔히 알면서도 밀어붙였다. 자존심 때문에 "내가 잘못 생각했네."라는 말은 못 하고 대신 고압적인 태도로 "그냥 하라면 해."라는 말만 했다. 결과는 뻔했다. 일이 더 복잡해졌다.

또 직원들에게 거침없이 반말을 해 대던 상사도 빠질 수 없다. 반말에는 막말도 종종 섞였다. 한번은 회식 때 한 직원이 "부장님, 저희 이제 나이도 있고 한데 이름을 부르시거나 반말을 하시는 건 좀…. 아랫사람들이 듣기에도 안 좋고요."라고 했다. 이 말을 들은 상사는 어이없다는 표정을 지으며 말했다. "그게 그렇게 기분 나빴어?

알았어. 앞으로는 꼬박꼬박 '님'자 붙여 주고 깍듯이 존대해 줄게. 됐지?"라며 비아냥거렸다. 이외에도 생각나는 게 너무나도 많지만 굳이 더 나열하진 않겠다.

살다 보면 또라이 상사 한 명쯤은 꼭 만나게 된다. 운이 없으면 또라이 상사를 피해 이직을 했는데 더 심한 또라이를 만나기도 한다. 내 경우 직장 생활이 힘들었던 건 일보다는 사람 때문이었다. 꼬박꼬박 맞대응도 해 보고, 그냥 해 달라는 대로 다 해 줘도 보고, 꾹 참아도 보고, 때로는 대들어도 봤지만 무엇 하나 내 마음이 편한 건 없었다.

그렇다면 이 또라이 상사들에게 대체 어떻게 대처하면 좋을까? 답은 셋 중 하나다. 받아들이거나 바꾸거나 떠나거나. 이 중에서 가장 힘든 건 바꾸는 것이다. 힘들다기보다 불가능에 가깝다. 또라이는 사실 인성 문제다. 인성이 바르지 않기 때문에 소위 말하는 '또라이 짓'을 하는 거다. 다 큰 어른의 인성을 바꾸겠다는 건, 특히 나이가 더 어리거나 지위가 낮은 사람이 바꿔보겠다고 하는 건 너무나도 무모한 짓이다. 거기에 들일 노력이면 차라리 회사를 하나 차리는 게 낫다.

두 번째로, 회사를 떠나는 것은 가능하다면 좋겠지만 이 또한 쉬운 일이 아니다. 이 이상한 또라이 하나 때문에 회사를 떠난다는 건 너무 억울하다. 떠나도 그가 떠나는 게 맞다 싶다.

남은 건 하나다. 받아들이는 거다. 받아들인다는 건 해 달라는 대로 다 해 주라는 말이 아니다. 그가 그런 사람이라는 걸 받아들이라는 거다. 이상한 말과 행동을 할 때마다 '아, 저 사람은 원래 속이 좁지.' '아, 저 사람은 원래 저런 식으로밖에 생각할 수 없는 사람이지.' '원래 저 사람은 인격이 저것밖에 안 되었지.' 하면서 내가 너그럽게 받아 주는 걸 말하는 것이다. 여기에 한 가지 팁을 더 하자면, 그 사람이 하는 말에서 감정적인 부분은 다 배제해 버리고 업무적 사실만 골라 듣는 것이다. 이런저런 말은 많이 늘어놓지만 결국 전하고자 하는 이야기는 별거 없다. 자기가 원하는 대로 해 달라는 것이다. 그것이 잘못된 지시임을 알리는 행위는 한 번이면 충분하다. 여러 번 말한다고 들을 사람도 아니다. 대신 한 번은 말해야 한다. 그래야 나중에 문제가 생겼을 때 "제가 그래서 그때 말씀 드렸는데요."라고 할 수 있다. 이 말에 또 상사는 발끈할 수도 있다. 그런데 어차피 그 말도 잘 들어 보면 내용이 없다. 그냥 무안하고 화가 나서 아무 말이나 쏟아 내는 것뿐이다. 이런 말은 업무에 필요한 사실이 아니니 귀담아들을 필요도 없다. 그냥 들으면서 속으로 혀나 몇 번 차면 그만일 뿐. '쯧쯧, 어쩜 사람이 저렇게 못났을까?' 측은지심으로 대하는 게 답이다.

말은 이렇게 쉬워 보여도 사실 전혀 쉬운 일은 아니다. 인격을 수양하겠다는 각오 없이는 하기 힘들다. 대신 이걸 해내면 어디서든 누구와도 일할 수 있다. 해내고 나면 한층 성숙해져 있는 자신을 발견할 수 있다. 나중에는 고맙게도 여겨질 것이다. 내가 더 큰 어른이 될 수 있게 도와준 은인이기 때문이다.

이유 없이 나를 싫어하는
사람으로부터 자유로워지는 법

꼭 대놓고 나를 싫어한다고 말하지 않아도, 나를 싫어하는 사람은 금방 알 수 있다. 눈빛만 봐도 어느 정도 느낌이 오고, 대화를 해 보면 확신이 든다. 이런 사람을 대할 때면 어쩔 수 없이 고민하게 된다. 왜 나를 싫어하지? 나의 어떤 면이 싫은 걸까? 내가 어떻게 해야 하지?

회사에서도 그랬다. '저 사람 왠지 나를 싫어하는 것 같아.' 하고 느낌이 오는 사람이 있었다. 가서 왜 내가 싫은 건지 물어볼 수도 없고 은근히 거슬렸다. 계속해서 신경이 쓰이기 시작했고, 그 느낌은 곧 확신으로 다가왔다. 내가 뭘 섭섭하게 했나? 좀 쌀쌀맞게 대했나? 대화를 하면서도 혹시 나를 더 싫어하게 된 건 아닌지 눈치를 살피게 됐다. 어떻게 해야 나를 좋아할까 고민하기 시작했다. 친해져 볼까도 싶었다. 그러다가 문득 이런 생각이 들었다.

'나도 그냥 싫은 사람이 있지 않나?'

그랬다. 나도 특별한 이유 없이 마음에 들지 않는 사람이 있었다. 이유를 곰곰이 생각해 봤다. 나는 왜 그 사람이 싫었을까. 말투도 마음에 안 들었고, 눈빛도 싫었다. 심지어는 발걸음 소리도 거슬렸다. 생각해 보면 대체로 그로서도 어쩔 수 없는 것들이었다. 나의 마음에 들기 위해 고칠 수도, 고칠 이유도 없었다. 고쳐서 나의 마음에 든다면 분명 또 다른 누군가의 마음에는 들지 않으리라.

나를 싫어하는 사람은 열심히 싫어하도록 그냥 내버려 두기로 했다. 나를 싫어할 자유도 있으니까. 내가 어떻게 할 수도 없는 이유를 찾아 헤매느라 쓸데없이 시간과 에너지를 쏟지 않기로 했다. 그 사람을 만족시켜도 다른 누군가는 또 나를 마음에 안 들어 할 수 있다. 생각해 보면 나 역시 뚜렷한 이유 없이 나를 싫어하는 그 회사 사람을 그다지 좋아하지 않았다. 취향도 안 맞고 성격도 안 맞았다. 친해지고 싶은 마음은 더더욱 없었다. 그럼 더 이상 고민할 필요가 뭐가 있나. 그냥 싫어하게 두면 되지.

모든 사람이 나를 좋아할 수는 없다. 그게 누가 됐든 반드시 나를 싫어하는 사람은 있기 마련이다. 이건 마치 자연의 법칙과도 같다. 자연의 법칙은 거스르는 게 아니다.

내가 겨울의 추위를 싫어한다고 해서 겨울이 따뜻해질 수는 없다. 겨울을 싫어하는 사람이 있든 없든 겨울은 춥고 시린 상태로 꿋꿋하게 존재한다. 겨울을 사랑하는 사람도 많지 않은가. 나도 나를 싫어하는 사람이 있든 없든 나로서 꿋꿋하게 존재하기로 했다. 나를 사랑해 주

는 사람도 많다. 나 싫다는 사람의 마음을 돌리는 데 애

쓸 시간에 나를 좋아해 주는 사람들을 한 번 더 챙기기

로 했다.

'내'가 있는 삶

　얼마 전 아이가 학원을 마치고 밤 9시가 넘어서야 집에 돌아왔다. 평소에는 학교 수업이 끝나고 잠깐 집에서 쉬었다 학원에 갔는데, 이날은 숙제가 좀 남았다며 학교에서 바로 학원으로 갔다가 평소보다 귀가가 늦었다. 배도 많이 고플 것 같고, 하루 종일 얼마나 지겨울까 걱정도 되었다. 아니나 다를까 집에 돌아온 아이의 표정이 좋지 않았다. 아이의 눈치를 살피며 "많이 힘들었지?" "배고프겠다." 이런저런 말을 걸어 봐도 대답이 없었다. 아이는 밥은 안 먹어도 된다며 곧장 방으로 들어갔다. 걱정이 되어 따라 들어가 무슨 일이 있었는지 물었다. 아이는 고개만 떨군 채 아무 말이 없었다. 허리를 숙여 아이 얼굴을 바라봤다. 아이 눈에는 눈물이 가득했다. 내 얼굴을 보더니 고였던 눈물이 뚝뚝 떨어졌다. 순간 적잖이 당황했지만 그대로 말없이 안아 주었다. 아이의 눈물이 어느 정도 그친 후에 무슨 일인지 다시 물었다. 아이는 울먹이는 목소리로 대답했다.

"공부를 하는데 잘 안 돼요. 엄마, 아빠는 내가 공부 잘하기를 바랄 텐데……."

"아니야. 안 그래." 너무 놀란 나머지 반사적으로 대답했다. 아이는 계속 흐느끼며 말을 이었다.

"엄마, 아빠 기대에 못 미치는 것 같아 너무 속상해요."

너무 당황스러웠다. 피곤해서도 아니고, 학원에 다니기 싫어서도 아니고 엄마, 아빠 기대에 못 미쳐서라니. 짧은 순간 우리 부부의 행동을 돌아봤다. 우리의 어떤 말과 행동이 이 아이를 이렇게 만들었을까. 나는 아이를 안은 채 한참을 아니라는 말만 되풀이했다. 머리가 멍해졌다.

남편은 나의 친정 부모님을 만날 때마다 분위기를 띄우려 엄청 애를 쓴다. 친정 식구들은 워낙에 말수가 적고 재미가 없다. 딸인 나마저도 부모님께 그리 살갑게 구는 편이 아닌 탓에 남편마저 침묵을 지킨다면 이 모임은 몇 마디 안부를 주고받는 것으로 끝날 게 뻔하다. 실제로 남편 없이 나와 아이만 친정집에 가는 날은 나는 거의 묻는 말에 대답만 한다. 아이도 제법 커서 할머니, 할아버지와 대화를 나누는 시간도 줄었다. 그렇지만 서로 불편하다거나 어색하다고 느끼지는 않는다. 오히려 이게 더 자연스럽고 편하다. 다만, 남편은 이런 상황이 전혀 편하지 않은 듯하다. 이해는 간다. 나도 시댁에 가서 서로 말이 없이 조용하면 불안해서 괜히 무슨 말이라도 해야 할 것 같으니까. 남편은 친정 부모님과 함께 있는 동안 오버액션도 하고, 실없는 농담도 막 던진다.

"아버님! 요새 좀 어떠세요? 저는 아주 죽겠어요."

"왜 죽겠어?"

"제가 워낙 인기가 많으니까 여기저기 불려 다니느라요. 회사가 저 없으면 안 되잖아요. 하하하."

"허허허."

"장모님은 갈수록 피부가 좋아지는 것 같아요. 어떻게 딸보다 더 젊어보이세요."

"에이 무슨…. 그건 아니다. 호호호."

다 즐거워하니 나도 덩달아 좋긴 하지만, 가끔은 옆에서 보기 안쓰러울 때가 있다. 항상 기분이 좋을 수도 없고 컨디션이 별로일 때도 있을 텐데…. 남편에게는 이 자리가 회사 회식과 크게 다를 바가 없겠다는 생각이 들었다. 하루는 집으로 돌아오는 길에 안쓰러운 마음에 한 마디 건넸다. "자기야, 그렇게까지 안 해도 돼. 올 때마다 이렇게 애쓰면 힘들어서 어디 더 올 마음이 생기겠어? 그냥 편하게 있다 와도 돼." 남편은 조금은 지친 목소리로 대답했다. "그게 되냐? 두 분이 나한테 기대하는 게 있으실 텐데."

누구나 누군가의 기대를 채워 주고 싶고, 그 대가로 인정과 사랑을 바란다. 그러지 못한 경우에는 속상하다. 이 속상함은 걱정으로 이어진다. 상대방이 섭섭해하면 어쩌나, 실망하면 어쩌나. 더 나아가서는 나를 싫어하면 어쩌나, 때로는 이제 사랑받지 못하는 건가 하는 불안으로까지 이어진다. 이런 생각은 전적으로 나를 상대방에게 맞추게 만든다. 그러다 보면 어느 순간 '내'가 없어지는 것 같은 감각이 밀려온다. 그 허무함이란.

문득 이런 생각을 해 봤다. 상대방이 실망 좀 하면 안 되나? 섭섭할 때도 있는 거 아닌가? 내가 상대방이 섭섭해하고 실망하는 것까지 책임지는 게 맞나?

사람들이 내게 기대하는 것 이상으로, 나 역시 내게 기대하는 바가 있다. 내가 행복했으면 좋겠고, 즐거웠으면 좋겠고, 편안했으면 좋겠다. 내 기대를 먼저 만족시켜야 하지 않을까? 그래야 나머지 것들도 의미가 있다. 나를 뺀 나머지 모두가 만족하는 삶은 나에겐 어떤 의미도 없다. '내'가 있는 삶을 살아야 한다. 남의 감정만 걱정하느라 내 감정을 소홀히 하지 말자. 각자의 감정은 각자가 추스르게 두자. 지나친 걱정은 오지랖이다.

2장 | 인정하기

내가 나를
인정하는 일

　사람들은 '서운하다'는 말을 자주 한다. 잘 지내냐고 물어봐 주지 않았다고, 열심히 한 걸 알아주지 않았다고, 아픈 데는 없냐고 걱정해 주지 않았다고, 밥은 먹었냐고 물어봐 주지 않았다고, 잘할 수 있다고 응원해 주지 않았다고. 이유는 너무나도 많다. 듣는 사람 입장에서는 뭘 이런 걸 가지고 서운해하나 싶고, 말하는 입장에서는 말은 하면서도 어딘가 비참한 기분이 든다. 그렇다고 아무 말 안 하자니 이 사람은 영원히 내 마음을 모를 것 같다.

서운한 감정은 왜 생기는 걸까? 사람들은 누구나 인정받고 싶어 하고 사랑받고 싶어 한다. 그리고 그걸 확인하고 싶어 한다. 칭찬, 격려, 위로 등의 말이 그 증거라도 되는 양 목을 빼고 기다린다. "열심히 하네."라는 상사의 말 한마디에 그동안의 노고가 다 사라지는 듯하고, "잘하고 있어."라는 배우자의 한마디에 뭉쳤던 마음이 녹기도 한다. 서운한 감정은 이런 인정과 사랑 그리고 관심을 받지 못했다고 느끼는 순간 찾아온다. 특히 알아주길 원했던 사람이 몰라줄 때는 유독 더 서운하다.

얼마 전 〈캠핑클럽〉이라는 프로그램에서 이효리가 남편 이상순과 의자를 만들 때 있었던 이야기를 전했다. 보이지도 않는 의자 밑을 열심히 사포질하는 이상순에게 이효리가 "여기 안 보이잖아. 누가 알겠어."라고 했더니 이상순이 이렇게 답했다고 한다. "내가 알잖아."

사람들에게 서운한 감정이 생길 때마다 생각했다. 기대하지 말자. 내가 나를 인정하면 된다. 말은 그렇게 하

2장 | 인정하기

면서도 어딘가 부족함을 느꼈다. 뭔가가 채워지지 않는 기분이었다. 이상순처럼 쿨하게 '내가 알잖아.'로 만족하기가 힘들었다. 이유가 뭘까 생각해 봤다. 문득 내가 나 스스로를 너무 별것 아닌 존재로 여겼던 게 아닐까 하는 생각이 들었다. 스스로 자기 가치를 낮게 보기 때문에 내가 하는 인정이 하찮게 여겨졌던 것은 아닐까? 그래서 자꾸 '나만 알면 뭐해?'라는 생각이 들고 다른 사람의 인정을 더 찾아 헤맸던 것은 아닐까? 마치 동생이나 후배가 하는 칭찬에는 큰 감흥이 없는 것처럼 말이다.

나의 가치를 스스로 높게 평가하는 사람에게는 누구보다 나의 인정이 중요하고 그렇지 않은 경우는 끊임없이 남의 인정을 갈망한다. 그렇지만 불행하게도 사람들은 나를 인정해 주지 않는다. 왜냐하면 그들도 각자 누군가의 관심과 인정을 찾아 헤매고 있기 때문이다. 나를 봐줄 여유가 없다. 당연한 일이다. 서운해할 일이 아니다.

내가 나를 인정해 주자. 스스로를 낮게 보지도 말자. 내 인정만으로도 충분하다.

내가 가진 재료,
내가 만들어 나갈 인생

〈세상을 바꾸는 시간, 15분〉(이하 세바시로 표기)에 미스코리아이자 방송인, 그리고 배우 최민수의 아내로 알려진 강주은 씨가 나온 적이 있다. 그녀는 삶을 행복하게 만드는 방법에 대해 이야기했다. 재치 있고, 놀랄 만큼 솔직한 그녀의 이야기 중에서도 특히나 인상 깊었던 부분이 있다.

"다른 사람들을 보면서 저 사람처럼 살고 싶다고 말하는 사람들이 있습니다. 하지만 그럴 필요 전혀 없어요.

각각 갖고 있는 재료들이 다 다르니까요. 같은 재료는 하나도 없어요. 그래서 내가 갖고 있는 재료가 무엇인지 먼저 파악해야 합니다. 내가 가진 재료로 할 수 있는 일이 무엇인지 생각하고, 나한테 맞는 길을 찾아야 해요. 제게 주어진 재료는 '최민수'라는 독특한 남자였어요. 처음에는 많이 당황스럽고 힘들었지만 지금은 이 재료를 가지고 그럭저럭 잘 살아가고 있습니다."

그녀의 경우처럼 내게 주어지는 재료는 사람일 수도 있고, 환경일 수도 있고, 예기치 못한 사고가 될 수도 있다. 나는 한동안 나에게 주어진 재료를 탓하며 남의 것과 비교하기를 좋아했다. 그럴수록 남들은 다 좋은 것을 가졌는데 내 것만 변변치 않은 것으로 보였다. 바꿀 수만 있다면 바꾸고도 싶었다. 재료만 바꾸면 내 인생도 달라지지 않을까 하는 헛된 상상도 많이 해 봤다. 그럴수록 바꿀 수도 없고, 무를 수도 없는 나의 재료들이 원망스럽기만 했다.

한 유명 작가는 자신의 인생이 부럽다는 팬에게 이렇게 이야기했다.

"좋아 보이는 것 말고 안 좋은 것도 많아요. 저랑 인생을 바꾸실 거면 안 좋은 것도 가져가셔야 해요."

그녀는 항상 밝고, 인간관계도 좋아 보였고, 경제적으로도 여유가 있어 보였다. 그런 그녀가 한 강연에서 말했다.

"저는 어릴 적 전학을 많이 다닌 탓에 인간관계에 어려움이 많았습니다. 제가 나서서 애쓰지 않으면 아무도 제게 관심을 보이지 않았거든요. 어떻게 하면 상대에게 자연스럽게 다가갈 수 있을까, 호감을 줄 수 있을까 고민하고 부딪치다 보니 인간관계를 쌓는 나름의 노하우가 생긴 것 같아요. 그리고 너무 가난했기 때문에 부자가 되고도 싶었어요. 그래서 필사적으로 돈 공부를 했어요."

그녀가 가진 재료가 내 것보다 나을 게 뭐가 있나 싶

었다. 그런 재료를 가지고도 아주 훌륭히 살아가는 그녀를 보면서 많이 부끄러웠다.

강주은 씨 말처럼 내가 가진 재료를 정확히 파악하는 것이 우선이다. 어느 유명 강사는 아이도 다 컸는데 앞으로 뭘 할지 모르겠다는 전업주부에게 지금이 딱 좋을 때라며 시간적으로 여유가 있을 때 공부하라고 했다. 나이도 먹을 만큼 먹어 삶이 무료하다는 한 중년 남성에게는 아이들 키우느라 정신없는 때도 지났고, 악착같이 벌어야 할 때도 지났으니 인생을 즐기는 시기로는 지금이 최적기이지 않냐며, 그동안 시간이 없어 못 했던 것들을 하나씩 해 보라고 했다. 두 사람 모두 지금 자신에게 주어진 재료가 어떤 것인지 파악하지 못했기 때문에 이런 고민을 하게 된 것이다. 이 둘에게 주어진 재료는 시간이었다. 남들은 간절히 원하는 재료를 갖고도 어떻게 써야 할지를 모르고 있었던 것이다.

남이 가진 것과 내 것을 비교하면서 부러워만 하고

있으면 아무것도 할 수 없고, 그 무엇도 될 수 없다. 레몬이 주어지면 레몬주스를 만들라고 했다. 내가 가진 재료로는 무엇을 만들 수 있는지, 나에게 맞는 것은 무엇인지 고민해 봐야 한다. 나도 나의 재료를 가지고 그럭저럭 잘 사는 방법을 찾아봐야겠다.

모델은 혼자
빛날 수 없다

회사에는 여러 부서가 있고, 부서마다 팀이 있다. 예전 회사를 예로 들면, 고객 지원 부서, 관리 부서, 국내 부서, 해외 부서 등이 있었다. 난 해외 부서 중에서도 일본어 팀에 속해 있었다. 일본에서 온 문서를 한국어로 번역하고, 일본 고객에게 나갈 문서를 일본어로 번역하는 역할을 담당했다. 재미있는 일이었고, 내가 하고 싶어 했던 일이었다. 그런데 오랫동안 하다 보니 이런 생각은 점점 희미해져 갔다. 이전만큼 충만감이 채워지지 않았다. 개인적으로는 즐거운 일이었지만 회사 전체로 보면 아주

작은 일에 불과해 보였다. 내 일은 '메인이 아니다.'라는 생각을 떨쳐버릴 수가 없었다. 번역은 아무리 잘해도 '서포트' 역할에 불과해 보였다. 그리고 실제로 그렇게 생각하는 사람들도 있었다.

"대충 해 주세요. 그쪽도 대강은 알아들을 거예요."

"바로 되는 거 아니에요? 뭐가 그렇게 오래 걸려요?"

어떤 표현이 더 정확할지 어떤 뉘앙스로 써야할지 한참 고심을 하다가도 이런 말을 들으면 힘이 쭉 빠지곤 했다. 이럴 때면 이렇게 일하는 게 다 무슨 소용인가 싶은 생각이 들기도 했다. 내 일의 가치까지 생각하게 되고 이 일을 계속해야 할지도 고민하게 되었다.

한창 이런 생각에 빠져 우울해할 때였다. 오랜만에 본 지인이 안부를 물었다. 나는 요즘 일이 재미없고, 이걸 계속해야 하나 고민된다고 대답했다. 갑작스런 내 대답에 그는 조금 놀라는 듯했다. 늘 일만큼은 재미있다고 하고 자부심도 갖고 있던 나였기에 더욱 그랬던 듯하다. 갑자기 왜 그러냐며, 무슨 일이라도 있냐고 물었다. 나는 내가 하는 일이 회사에서 메인은 아닌 것 같고, 열심히 해도 표시도 안 나는 일 같다며 고민을 털어놓았다. 그는 조금은 어이없다는 듯 답했다. "그런 게 어딨냐? 그렇게 따지면 내가 하는 일은 메인인가? 난 전기를 다루는 게 일인 사람인데 누가 전기를 메인이라고 생각해. 사람들은 원래 전기는 '자연스럽게' 통하고 있는 거라고 생각하지." 사람들은 평상시엔 아무도 전기에 대해 신경을 안 쓰다가 전기가 안 통할 때나 그를 찾는다고 했다. 그래도 그는 자신의 일이 좋다고 했다. 전기가 없으면 회사 전체가 안 돌아가는데 얼마나 중요한 일이냐며. 그러고는 한마디 덧붙였다. "어떻게 모든 사람이 다 빛나는 일만 하냐. 티는 안 날지 몰라도 너는 엄청 중요한 일을 하고 있는 거야."

이 얘기를 들을 때만 해도 그저 나에게 힘내라고 해주는 말이라고 생각했다. 여전히 빛나는 일이 더 크게 보였고 내가 하는 일은 초라하게만 느껴졌다.

얼마 후 〈미운 우리 새끼〉라는 TV 프로그램에서 모

델 차승원과 배정남이 패션쇼 무대에 서는 모습을 보게 됐다. 무대에 서기까지 여러 과정을 거쳤고, 무대 뒤에는 수많은 스태프들이 있었다. 무대에 오른 두 모델은 말이 필요 없을 만큼 근사했다. 그야말로 빛이 나는 듯했다. 모든 사람들의 시선이 모델들에게 집중되었다. 그 광경을 보는데 문득 이런 생각이 들었다.

'무대 뒤의 저 스태프들도 나처럼 자신들이 메인이 아닌 걸 아쉬워할까?'

'자신들이 메인이 아니라는 생각을 할까?'

'스태프들이 없다면 저 모델들이 저토록 빛날 수 있을까?'

'봐 주는 사람이 없으면 이 쇼가 의미가 있을까?'

패션쇼는 하나의 팀 단위로 움직이고 있음을 새삼 느꼈다. 모델은 물론 디자이너, 헤어나 메이크업 담당, 무대 설치, 진행 담당, 객석의 사람들까지 어느 하나 중요하지 않은 역할이 없어 보였다. 회사가 생각났다. 빛나 보이는 일도 혼자서는 절대 빛날 수 없겠구나 싶었다. 빛이 나기는커녕 혼자서는 아무 의미도 없겠다는 생각이 들었다.

모든 일은 함께 이루어져야 비로소 의미가 있다. 그래서 팀이 있고 부서가 있는 것이다. 회사뿐만 아니라 가정에서도 하다못해 작은 모임에서조차도 하나하나의 역할이 중요하다. 각자의 역할이 모여야만 그 팀은 제 기능을 다한다. 하찮은 일이란 없다.

가끔은 나와는 정 반대로 혼자 잘나서 다 잘되는 거라고 착각하는 사람들이 있다. 그런 사람들에게는 하나부터 열까지 꼭 자기 힘으로 다 해 보길 바란다고 말한다. 혼자서는 절대 할 수 없다는 것을 해 보면 알 것이다. 혼자서 빛나는 일은 없다.

잠시 불행하고 오래 행복하려면

덜어내기

"나한테 왜 그랬어?"
떠나보내기

〈법륜 스님의 즉문즉설〉이라는 TV 프로그램에서 한 여성이 스님에게 질문했다.

"저는 미래에 대한 불안도 크고 과거에 대한 후회, 예를 들면 공부를 더 열심히 했으면, 대학을 좀 더 좋은 데로 갔으면, 더 좋은 직장에 들어갔으면 하는 후회가 때때로 들어 괴로워요. 인생을 살면서 중요한 게 무엇인지, 어떤 마음으로 살아가야 할지 스님께 여쭤 보고 싶습니다."

울먹이는 그녀의 목소리에는 간절함과 괴로움이 고스란히 묻어 있었다. 듣는 내가 다 마음이 아팠다. 스님은 그분을 지긋이 바라보며 대답했다. 대답은 너무나도 간단했다.

"옛날 생각 안 하면 되지. 괴롭고 싶으면 자꾸 옛날 생각하면 돼요. 아이고, 그때 내가 왜 공부를 안 했을까, 왜 열심히 안 살았을까 생각하면 자꾸 괴로워지는 거지. 그런 생각이 떠오르더라도 고개 흔들고 안 해야지."

스님은 여전히 울먹이는 여성에게 물었다. "기쁘게 살고 싶어요? 근심 걱정하면서 살고 싶어요?" 그녀는 기쁘게 살고 싶다고 대답했다. 스님은 그럼 미래에 대한 걱정도 하지 말아야지 하면서 마지막으로 한마디를 덧붙였다. "매일 아침 눈 뜨면 '아이고, 오늘도 살았네. 감사합니다.' 이러고 하루를 시작하면 돼."

내가 말대꾸를 하거나 입바른 소리를 할 때마다 엄마는 이렇게 말했다. "너도 시집가서 애 낳아 봐. 지 자식 길러 봐야 엄마 마음을 알지." 엄마 말대로 시집가서 아이를 낳았다. 아이를 낳고 키워 보니 더더욱 엄마를 이해할 수가 없었다. 조그맣고 여리디여린 아이를 볼 때마다 이런 생각이 들었다. '아니 이렇게 예쁜데 엄마는 나한테 왜 그랬지?' '이렇게 조그마한 아이에게 어쩌자고 그렇게 소리를 지르고 화를 냈나 몰라?' 내 아이가 사랑스럽고 소중해질수록 엄마에 대한 생각이 깊어졌다. 잊고 있던 어릴 적 기억들이 하나씩 떠올랐다. 아이를 볼수록 행복하면서도 괴로웠다. 목욕을 시켜주다가도, 아파서 병원에 데려가다가도 문득문득 옛날의 비슷한 상황들이 떠올랐다. 아이가 커 갈수록 그 나이 때쯤의 내가 떠올랐다. 행복한 기억들도 많았지만 아픈 기억이 더 선명하게 떠올랐고 점점 더 커져만 갔다. 그럴 때마다 나는 어릴 때의 나로 돌아가 있었다. 또 그게 서러워 눈물을 흘리다 혼잣말을 했다. "왜 그랬어? 응? 엄마, 나를 왜 그렇게 힘들게 했어? 어린 나를⋯." 너무 괴로웠다. 마음이 찢어진다는 게 이런 거구나 싶었다.

숨이 막혀 죽을 것만 같던 어느 날, 문득 내가 왜 이러지 싶었다. 왜 자꾸 돌이킬 수도 없는 과거로 돌아가 굳이 아픈 기억을 끄집어내 스스로를 힘들게 하는 거지.

그러고는 스스로에게 물었다. '그래서 뭐? 그게 뭐?' '네 마음 아픈 건 알겠는데 그게 어쨌다는 거야.' '그건 그렇고 앞으로는 어떻게 살 건데?' 답이 생각나지 않았다. 온통 '아픈 과거'에만 빠져 있느라 앞으로 어떻게 살아갈지에 대한 생각이 없었다. 내가 한심하게 느껴졌다. 그동안 뭐 했나 싶기도 했다. 한편으로는 이런 생각마저 들었다. '내 기억이 확실한 건가? 행복했던 일도 많았을 텐데….' 확실한 것으로 믿고 있는 내 기억마저도 의심하기 시작했고, 이 기억들이 왜곡되지는 않았을까 하는 생각이 들었다.

더 이상 마음 아팠던 일에 대해 생각하지 않기로 했다. 생각이 나더라도 깊이 빠지지 않도록 했다. 행복했던 때를 찾아보기로 했다. 불행해 보이기만 했던 나에게도 행복했던 때가 있었다. 매번 인상만 쓰고 있었다고 생각했지만 내 기억 구석구석에 웃고 있던 엄마, 나를 사랑스럽게 바라봐 주던 엄마가 있었다. 그래서 더 이상 스스로를 괴롭히지 않기로 했다. 그 대신 그런 생각이 들 때면 스스로에게 질문을 던졌다. '그래서 뭐?' 그리고 대답했

다. '아니 그런 적이 있었다고. 그냥 그랬다고.'

개그맨 유재석과 조세호가 진행하는 〈유 퀴즈 온 더 블럭〉이라는 프로그램이 있다. 일반 시민들과 이야기도 나누고 퀴즈도 푸는 프로그램이다. 한번은 60년이 된 이발관에 들렀다. 할머니 한 분이 계셨는데, 그분이 바로 우리나라 최초의 여성 이발사이셨다. 이야기를 나누던 중 갑자기 할머니께서 유재석의 손을 잡고는 지압을 하기 시작하셨다. 두 사람의 손 상태를 보더니 유재석에게는 건강하다고 하신 반면, 조세호에게는 뭐 때문에 스트레스를 받는지 물어보셨다. 두 사람은 깜짝 놀랐다. 유재석이 옆에서 이 친구가 의외로 고민이 많다고 하자 할머니는 무심한 듯 한마디를 툭 던지셨다. "오늘만 살면 되는데 왜 스트레스를 받아."

아팠던 과거를 곱씹어 본들 뭐가 달라질 것이며 아직 오지도 않은 미래를 미리부터 걱정한들 무슨 도움이 될까 싶다. 다 던져 버리자. 과거와 미래는 각각 제자리에 두고 나는 오늘 여기에 충실하면 된다. 이발소 할머니의 말처럼, 법륜 스님의 말처럼 오늘만 열심히 살자. 매일 아침 '아 오늘도 살았네. 감사합니다.'라고 하면서.

쓰레기는
쓰레기통에

중학교 시절, 굉장히 기억에 남는 선생님 한 분이 있다. 그 선생님의 수업 시간은 그날 선생님의 기분에 따라 어느 날은 한 시간 내내 웃다 끝나기도 하고, 어느 날은 한 시간 내내 벌벌 떨다 끝나기도 했다. 그날 선생님의 기분이 어떨까 하는 문제는 우리가 종잡을 수 없는 영역이었다.

수업 시작종이 울리고 선생님이 문을 열고 들어오면 우리는 선생님의 표정부터 살펴야 했다. 밝은 표정이면 '다행이다.' 어두우면 '오늘 조심하자.'라는 마음이 절로 들었다. 다행이다 싶은 날에도 정신은 바짝 차리고 선생님이 던지는 재미없는 농담에도 크게 웃어 주는 건 잊지 말아야 했다. 어쩌다 아이들 반응이 좋지 않을 때면 "재미없어? 이상한 애들이네. 이게 얼마나 재밌는 건데. 애들이 수준이 떨어져."라며 한순간 분위기를 얼어붙게 만들었기 때문이다.

기분이 안 좋은 날은 교실 문을 여는 순간부터 히스테리가 시작되었다. "왜 이렇게 떠들어. 종이 울렸으면 빨리빨리 자리에 앉아서 수업 준비를 하고 있어야 할 거 아냐." 이런 날이면 한 시간이 마치 열 시간 같았다. 선생님의 질문에 대답을 못 하기라도 하면 아주 모욕적인 말을 들어야만 했다. "애들이 왜 이렇게 멍청하냐. 다들 썩은 동태눈을 해 가지고는." 무슨 큰 죄라도 지은 것처럼 아이들은 죄다 고개를 푹 숙였다. 선생님은 그 모습조차도 마음에 안 들었는지 막말을 쏟아 냈다. "아니, 이걸 왜 몰라. 촌놈들은 이래서 안 돼. 도시 애들은 지금 눈에 불을 켜고 공부해. 너네랑은 차원이 달라." 선생님은 걸핏하면 도시 타령을 했다. 내 귀에는 마치 나는 도시에서

도시 아이들을 가르쳐야 할 사람이지 여기서 이러고 있을 사람이 아니라고 한탄하는 소리처럼 들렸다.

선생님은 이럴 때 꼭 누구 하나를 호명했다. 그러고는 그 학생에게 또 다른 질문을 했다. 호명 당한 학생은 당연히 답을 못했다. 왜냐하면 대답을 못할 아이를 골랐기 때문이었다. 그러고는 모든 걸 쏟아 냈다. 마지막에는 해서는 안 될 말까지 했다. "너네 엄마도 참 한심하다. 너를 낳고도 좋다고 미역국을 먹었을 거 아냐." 요즘 같은 시대에 이랬다면 '선생님의 패드립!' 하면서 엄청난 이슈가 됐을 일이다.

막말 선생님 이외에도 '신고감'인 교사들이 그 시절엔 꽤 많았다. "너 오늘 잘 걸렸다. 그렇지 않아도 오늘 기분도 더러웠는데."라며 별일 아닌 일로 꼬투리를 잡아서는 애를 죽도록 팬 선생님도 있었다. 본인도 스스로 인정했지만 학생들이 보기에도 이는 체벌이 아닌 분풀이에 지나지 않았다. 타깃은 항상 공부 못하는 애, 혹은 자주 말썽을 피우는 애였다.

어릴 때 엄마는 종종 나를 '감정 쓰레기통'으로 여겼다. 물론 그때는 감정 쓰레기통이라는 말도 없었고, 그게 뭔지도 몰랐지만 이제 와 생각하니 '그랬었구나, 내가 쓰레기통이었구나.' 싶다. 마음속에 화가 생기면 엄마는 그 화를 들고 어쩔 줄을 몰라 했다. 화가 생기는 족족 가까이에 있고 제일 만만한 나에게 그대로 던져 버렸다.

"엄마는 이렇게 힘들어 죽겠는데, 너는 도대체 하는 게 뭐야?"

"남의 집 자식들은 다 알아서 척척 잘도 도와준다는데 이건 뭐 할 줄 아는 게 하나도 없어."

"뭐 잘한다고 할까 봐 나서 나서길. 하여간."

"저거 봐라 저거 봐. 잘~한다."

엄마가 던진 쓰레기는 어린 나의 가슴속에 차곡차곡 쌓여 갔다. 그것들은 점점 무거워져 나를 짓누르기 시작했지만 어떻게 처리해야 하는지 알지 못했다. 그렇지만 엄마처럼 어딘가에 마구 쏟아 내고 싶진 않았다. 그러면 안 된다고 생각했다. 지금 생각하면 그 어린 게 어떻게 그

무게를 감당해 냈나 싶다.

엄마에게 가끔 예전 일을 물어볼 때가 있다. 어느 정
도의 원망을 담아서.

"엄마가 그때 나한테 그랬잖아. 왜 그런 거야?"

"엄마가?"

"어. 그랬잖아. 생각 안 나?"

"몰라. 나는 기억도 안나. 어제 일도 생각 안 나는데
그게 도대체 언제 적 얘기야."

억울하기 짝이 없다. 기억이 안 난다고? 나는 30년 넘
게 잊지 못하고 있는데……. 엄마는 40년 전에 시부모님
이 했던 말, 아빠가 무심코 던진 말, 명절 때 형님, 동서들
이 했던 말까지 다 기억한다. 그때 어떤 상황이었고, 그
사람 표정이 어땠는지까지도. 그런데 왜 본인이 나한테
한 말은 기억하지 못하는 걸까. 그보다 오래되지도 않았
는데. 이럴 때면 여러 가지 생각을 하게 된다. 정말 기억
이 안 나는 걸까, 기억하고 싶지 않은 걸까. 기억은 나지

만 모른다고 하는 걸까. 고민 끝에 내린 나의 결론은 이렇다. 기억이 안 나는 거다. 왜냐하면 어떤 생각이나 의도를 갖고 던진 말이 아니었기 때문이다. 우리는 몇십 년 전에 길에 버린 쓰레기를 기억하지 않는다. 엄마도 그런 게 아닐까? 외려 기억하는 게 더 섭섭하고 무서운 일일 수 있다. 그건 어떤 의도를 갖고 던졌다는 뜻일 테니까.

나는 엄마가 생각 없이 던진 쓰레기를 무슨 의미 있는 물건인 양 버리지도 못하고 차곡차곡 쌓아 두었다. 그러고는 생각날 때마다 꺼내 보았다. '왜 나한테 이걸 줬을까?' 하면서 말이다. 이렇게 멍청할 수가 있나.

누가 나에게 쓰레기를 건네주면 어떻게 하는가? "뭐 하는 거야?" 하고 원래 주인에게 돌려주든가 쓰레기통에 버린다. 감정 쓰레기도 마찬가지다. 내가 안고 있을 필요가 없다. 상대에게 그대로 돌려주든가 "이상한 사람이야." "오늘 재수가 없네." 하면서 그 자리에서 그냥 버리면 된다. 그러면 하루 이틀만 지나도 쓰레기를 받은 일조

차 기억나지 않는다. 이 간단한 걸 몰랐던 탓에 그동안 고생이 많았다.

'당연히' 대신
'감사하게도'

　나는 오랫동안 '감사'라는 말을 잊고 지냈다. 누군가에게 '고맙다'는 말도 쉽게 하지 못했다. 쑥스럽기도 했고, '꼭 말로 해야 아나?' 싶은 마음도 있었다. 또 한편으로는 '이 정도는 해 줄 수 있는 거 아닌가?' 하고 생각하기도 했다. 내가 그만큼 했는데, 혹은 내가 딸인데, 내가 와이프인데 이 정도는 받을 수 있는 거 아닌가? 주변과 비교하며 다들 이 정도는 받고 있는데 나만 덜 받는 거 아닌가 하는 생각도 들었다.

어느 날 한 친구가 모임에 멋진 가방을 들고 나왔다. 사실 나는 브랜드를 잘 알지 못한다. 가방에는 전혀 관심이 없다. 이런 나와는 달리 친구들은 금세 알아봤다.

"뭐야 이거? 새로 샀어?"

"어, 예쁘지? 나 고생했다고 남편이 하나 사줬어."

"대박! 완전 예뻐. 꽤 비쌀 텐데."

"조금 되더라고."

"근데 너 뭘 했는데 고생을 했대?"

"야! 같이 살아 주는 게 고생이지."

세상에, 고생은 나도 하는데! 게다가 나는 일도 같이 하는데……, 이런 순간 나는 뭔가 싶다. 나도 가방 하나 받아야 하나?

아이가 돌이 되기 전에 엄마에게 아이를 맡기고 일을 다시 시작했다. 너무 어린 아이를 가족이 아닌 다른 사람에게 맡기고 싶진 않았고, 그렇다고 더 쉬다간 일을 다시는 할 수 없을 것만 같았다. 이런 나의 상황이 안쓰러웠는지 엄마는 선뜻 아이를 봐주겠다고 했다. 둘 다 앞으로 닥칠 많은 어려움을 그때는 알지 못했다.

아이를 맡긴 후로 엄마와 나는 자주 부딪쳤다. 엄마는 매일 입버릇처럼 힘들다는 말을 했고, 나는 이러지도 저러지도 못하는 상황에서 늘 엄마의 눈치를 살펴야 했다. 엄마가 얼마나 힘들지는 짐작을 하고도 남았다. 젊은 나도 하루 종일 아이를 보면 몸이 부서질 것 같고, 혼이 빠져나갈 것 같은데 엄마는 오죽할까. 늘 미안한 마음이 있었다. 아이에게도 같이 있어 주지 못해 미안했고 자주 죄책감을 느꼈다. 일은 하고 있지만 마음은 엄마와 아이에게 가 있었다. 늘 눈치를 봐야 하는 상황에 시간이 갈수록 지쳐 갔다. 맞벌이하는 다른 집들은 다들 어떻게 살고 있는지 궁금했다. 주위를 둘러봐도 나와 다를 바가 없었다. 친정 엄마나 시댁에서 아이를 맡아 주거나, 그것도 여의치 않으면 어린이집에 아이를 맡겼다. 다들 잘만 맡기고 일하는데 나만 왜 이렇게 힘든가 싶었다. 한번은 나처럼 친정 엄마에게 아이를 맡기고 출근하는 동료에게 물었다. "친정 엄마도 많이 힘드시겠어요." 예상 밖의 답이 돌아왔다.

"저희 엄마는 워낙 애기들을 좋아해서 심심하지 않고 오히려 좋대요."

"아… 그러시구나. 그럼 다행이네요."

매일매일 힘들다고 하는 엄마의 모습이 떠올랐다. 힘이 더 빠졌다. 엄마의 고마움은 점점 나의 힘겨움에 묻혀 빛을 잃어 갔다.

많은 것들이 당연하게 느껴졌다. 엄마가 아이를 봐주는 것도, 아빠가 아직 일을 하는 것도, 남편이 직장을 잘 다니고 있는 것도, 아이가 건강하게 자라는 것도, 내가 아이를 낳고 다시 일할 수 있는 것도. 그런데 이상하게도 날 보며 부럽다고 하는 사람들이 하나둘씩 생겨났다.

"엄마가 애도 봐주시고 좋겠다."

"아빠 아직 건강하신 건 복이야. 지금이 행복한 거야."

"남편도 이제 자리 다 잡았겠다 걱정할 게 뭐가 있어. 안 그런 사람이 얼마나 많은데."

"애 건강한 게 최고야. 너는 일도 하고. 부러울 게 없겠다."

나는 전혀 행복하지 않은데… 내가 지금 얼마나 힘든데… 내 속을 잘 몰라서 하는 말이라 생각했다.

어느 날 한 강의에서 고마움의 반대는 당연함이라는 말을 들었다. 이미 알고 있던 말이었지만 그날따라 왠지 이 말이 다르게 다가왔다. 그런가? 내가 너무 많은 걸 당연하게 생각하고 있나? 강사는 하루에 감사한 일을 세 가지씩 적는 감사 일기를 써 보라고 했다. 그날부터 바로 실천해 보려는데 막상 쓰려니 감사한 일이 별로 없었다. 그날 감사 일기에는 세 가지를 다 적지 못했다.

· 오늘 좋은 강의를 듣게 되어 감사하다.
· 나를 성장시켜 준 부장에게 감사하다.

그날 이후로 꼬박꼬박 감사 일기를 써 보기 시작했다. 쓸 것이 정 없는 날에는 "살아 있어서 감사하다."라고 적었다. 이렇게 적고 나니 정말 살아 있음이 감사하게 느껴졌다. 살아 있으니 가족과 함께할 수 있고, 살아 있으니 맛있는 것도 먹고 하는 것이 아닌가. 그동안 너무나도 당연하게 누리고 있던 것들을 다시 생각해 보게 되었다. 볼 수 있음이 감사했고, 만질 수 있음이 감사했다. 이런 것들을 간절히 원하는 사람도 있을 텐데. 매일 학교에 잘 다녀오는 아이가, 성실한 남편이, 건강하게 옆에 있어 주는 부모님이, 내가 할 일이 있음이, 이런 모든 일상이 깨지지 않음이 감사했다. 그리고 조금씩 행복해졌다. 내 마음이 편해진 게 주위 사람들에게도 전해졌나 보다. 내가 행복해지니 주위도 조금씩 변하기 시작했다. 이내 그 변화가 다시 고마워졌다.

지금 그다지 행복하지 않다고 생각한다면 '당연히'란 말이 올 자리에 '감사하게도'를 넣어 보자. 당연히 내 옆에 있는 것 대신 감사하게도 내 옆에 있는 것으로, 당연히 할 수 있는 것 대신 감사하게도 할 수 있는 것으로, 당연히 받는 것 대신 감사하게도 해 주는 것으로. 그럼 지금까지 너무나도 당연하게 여겨져 존재조차 잊고 있던 많은 것들이 보이기 시작한다. 당연한 일이 어디 있을까?

당연하다고 생각할 때부터 행복은 멀어지기 시작한다.

이거 아니어도 산다

어떤 일을 할 때 '이거 아니면 죽는다'는 각오로 하라는 이야기를 많이 듣는다. 그러지 말고 뭐든 '이거 아니어도 산다'는 마음으로 해 보면 어떨까.

나는 언제나 내가 해 오던 일본어 번역 일을 더 잘하고 싶었다. 어떻게 하면 원래 의미에 최대한 가까우면서도 자연스럽게 표현할지를 항상 고민했다. 번역뿐만 아니라 회화도 잘하고 싶었기 때문에 일본 드라마나 뉴스를 꾸준히 봤다. 뉴스든 드라마든 공부한다는 마음가짐으로 찾아본 것이기 때문에 굳이 거기서 재미를 찾지는 않았다. 단지 일본 사람처럼 말하고 글 쓰고 싶었다. 이게 내 최종 목표라고 생각했다. 원하는 만큼 잘 되지는 않았다. 대신 압박감만 늘었다.

지금 생각해 보면 열심이었다기보단 '난 이거 아니면 아무것도 아니다'는 식의 중압감만 갖고 있었다. 그동안 해 온 게 일본어밖에 없는데 그것마저 뛰어나지 않으면 난 무슨 가치가 있을까 싶었다. 재미있다는 드라마를 봐도, 웃기다는 예능 프로를 봐도 도통 재밌지가 않았다. 모르는 표현이 나올 때마다 계속 반복해서 듣고 집중했다. 그래도 안 들릴 때는 신경질이 나기도 했다. "저 사람은 말을 왜 저렇게 해?" "말끝을 왜 흐려." 하면서 TV 속에 나오는 사람들을 탓하기도 했다. 내가 못 알아듣고서 현지인의 발음 탓을 하다니. 이럴 때면 흔히들 말하는 '현타'가 왔다.

다른 것도 손에 잘 잡히지 않았다. 책을 읽어도 '아, 일본어 공부해야 하는데.' 하고, 영어 공부를 하다가도 '지금 영어 할 때가 아닌데.' 했다. 늘 일본어는 마음속의 짐 같은 존재였다. 이거 아니면 난 끝이다 하는 생각이 컸다. 지금에 와서야 좀 후회가 된다. 좀 더 가벼운 마음으로 대했으면 어땠을까 싶다. 그럼 일본어는 일본어 대로 즐기면서, 여유를 갖고 좀 더 다양한 것들에 도전해 볼 수 있지 않았을까. 이도 저도 아닌 채 마음만 괴로운 시간을 보냈다.

회사 생활도 그랬다. 한동안은 '여기만큼 좋은 데 가 또 있겠어? 나가라고 할 때까지 버텨야지.' 하던 시절 이 있었다. 먼저 나간 선배들은 한결같이 말했다. "나가 도 별수 없어. 그냥 더러워도 버텨." 나도 어느 정도 동의 했다. 나가면 뭐 있겠나 싶고 이 나이에 무슨 이직이야 싶었다. 그런데 그럴수록 스트레스는 더 쌓여 갔고, 작 은 일에도 예민해졌다. 우리끼리 자주 하는 말이 있었 다. "나가라는 거야 뭐야?" 회사가 무슨 의도를 갖고 그 런 것도 아닌데 괜히 의심부터 들었다. 안타깝게도 이런 성향은 나뿐만 아니라 우리 팀원 대부분이 그랬다. 같이 대화를 나누면 걱정은 두 배가 되고, 짜증도 두 배가 되 었다. 상사의 뒷담화는 그칠 줄을 몰랐다.

어느 때부터인지 기억나지 않지만 '진짜 이거 아니면 죽나?'라는 생각을 하게 됐다. 길이 이것밖에 없나 싶었다. 내가 이 작은 틀에 갇혀 점점 쪼그라드는 것 같았다. 나를 되돌아보니 할 줄 아는 게 일밖에 없었고, 아는 세상도 회사가 전부였다. 관계 맺는 사람도 회사 사람이 전부가 되어 버렸다. 매일 같은 곳에서 같은 사람들과 비슷한 일로 부딪히고 있다는 걸 뒤늦게 깨달았다. 내가 아는 세상이 전부가 아니라는 생각을 하기 시작하자 마음이 한결 가벼워졌다. 다른 쪽으로 눈을 돌려 보기도 하고, 다른 사람들은 어떻게 사는지도 보기 시작했다. 자연스럽게 회사에서 일어나는 일들에 덜 예민해질 수 있었다. 그러다 보니 상사의 말도 그다지 신경 쓰이지 않았다.

지금은 퇴사를 했지만, 오랜 기간의 회사 생활을 되돌아보면 매일매일이 스트레스와의 전쟁이었다. 일에 대한 스트레스는 물론, 상사에 대한 불만, 동료와의 신경전은 말도 못할 정도였다. 십여 년을 이거 아니면 안 된다는 생각으로 일해 오는 동안 늘 긴장되어 있었고 예민해 있었다. 퇴사를 하고 나서도 한동안 그 스트레스가 가시지 않았다. 잠을 잘 잘 수가 없었다. 오랜 기간 그렇게 살아 온 나로서는 어쩌면 너무나 당연한 일인지도 모른다. 조금만 더 일찍 '이거 아니어도 된다'는 생각을 했다면 어땠을까 싶다. 삶이 좀 더 여유롭고, 다채로워지지 않았을까? 좁고 답답한 길을 너무 오래 걸어온 듯하다.

가끔 전 직장 후배에게서 연락이 온다. 후배는 내게 회사 소식을 전하면서 하소연도 같이 한다. 주로 회사는 이랬고, 누구는 저랬고, 그래서 나는 힘들다, 언제까지 이래야 하는지 모르겠다 하는 식이다. 이미 외부인이 된 입장에서 듣기에는 너무나 사소한 일이다. 그렇지만 후배는 아주 심각하다. 그의 하소연을 들으면서 나도 저랬겠구나 싶었다. 생각만 조금 바꿔 보면 별일도 아니고, 조금 멀리서 보면 해결 방법이 다 보이는데 그걸 모른다. 말해 줘도 와닿지 않을 거라는 걸 잘 안다. 나도 그랬으니까. 그냥 다 듣는다. 작은 일에 너무 신경 쓰지 말라고 타이르긴 하지만 왠지 미안한 마음이 든다. 후배 입장에서는 절대 작은 일이 아니란 걸 너무나도 잘 알기 때문이다. 그 일이 다가 아니라는 말을 해 주긴 했지만 얼마만큼 와닿았는지는 모르겠다. 꼭 이거 아니어도, 꼭 여기가 아니어도 괜찮다는 생각을 가졌으면 좋겠다.

내가 회사에서 있었던 일로 속상해할 때마다 남편은 늘 대수롭지 않다는 듯 이렇게 말했다. "뭘 그런 걸 신경 써." 그럴 때면 기분은 상했지만 아주 틀린 말도 아니기에 더 이상 할 말도 없었다. 지금은 반대 입장이 되었다. 남편은 가끔 회사에서 있었던 일로 푸념을 늘어놓을 때가 있다. 회사 밖에 있는 내가 보기엔 별일도 아니다. 이제 나는 이렇게 말해 준다.

"자기야, 그 회사 천년만년 다닐 거야? 뭘 그렇게 신경을 써."

자존심도
알고 보면 짐

자존심이 무척 센 지인이 있었다. 조금이라도 부당하다 싶은 대우를 받거나 자신에게 불친절하다 싶으면 어김없이 "지금 나 무시하는 거야?"라며 불같이 화를 냈다. 분은 쉽게 풀리지도 않는다. 한참이 지나서도 "지가 뭐라고. 감히 나한테….""생각할수록 괘씸하네."를 연신 내뱉었다. 나에게도 몇 번인가 나를 무시하는 거냐며 따져 물은 적도 있다. 참 많이 당황했었다. 무슨 일 때문에 그런 건지도 몰랐을뿐더러 왜 그런지 알게 되어도 그걸 왜 무시라고 생각하나 싶었다. 하도 섭섭하고 분하다고 말하는 통에 미안하다고, 그런 뜻으로 한 말은 아니라고 했지만 왜 내가 이렇게까지 해야 하나 싶었다. 정작 상대를 무시하는 건 본인이지 않나? 내가 만만해 보이니 이런 말도 퍼붓는 거 아닌가? 하는 생각도 들었다. 이 사람과는 좀처럼 가까워지기가 힘들었다. 같이 있으면 많이 불편했다. 말 한마디를 하더라도 눈치를 살펴야 했고 여러모로 안 써도 될 신경을 써야 했다. 아주 안 볼 수도 없는 사이였기에 여간 신경 쓰이는 게 아니었다.

자존심 하면 남편을 빼놓을 수 없다. 남편은 종종 생각지도 못한 부분에서 저 사람들이 우리 식구를 무시했다고 했다. 왜 그러느냐고 물으면 정말 아주 사소한 걸 얘기했다. 물론 남편은 절대 사소하다고 여기지 않았지만 말이다. 그 자리에서는 남편 편을 들어줬지만 그 마음을 이해하기는 힘들었다. 시간이 좀 지나고 진정이 되었다 싶었을 때 슬며시 다시 얘기를 꺼내 보았다. "아까는 좀 오버한 거 아냐? 무시한 건 아닌 것 같은데…" 아까보다는 차분해진 상태였지만 "분명히 무시했어."라며 여전히 마음이 불편해 보였다. 그럼 나는 더 이상 말하지 않았다.

예전에는 지인도 남편도 이해가 되지 않았다. '왜 저렇게 예민해.' '무슨 자격지심이라도 있나?' 하면서 말이다. 이제야 조금 알겠다. 지키기 위해서 그랬던 것이 아닐까. 지인은 자기 자신을, 남편은 우리 가족을 지켜야 한다는 생각이 너무 강했던 것이다. 미리 철벽을 치고 누군가 침범하는 기미만 보여도 날을 세우고, 넘어오면 가만있지 않겠다는 경고를 마구 보냈다. 이런저런 공격을 막아내느라 몸과 마음이 경직되어 갔다. 당연히 신경은 예민할 대로 예민해졌다.

벽이 너무 높아지면 밖이 잘 보이지 않는다. 지나가는 사람인지, 길을 물어보려는 사람인지, 친해지고 싶어 다가오는 사람인지 구별할 수가 없다. 그 상태로는 근처에 오는 사람은 다 적이 될 수밖에 없다. 무거운 방패를 들고 있어야 하는 사람은 또 얼마나 힘이 들까. 자존심은

벽과 같고, 방패와 같다. 이것들이 필요한 순간도 물론 있겠지만, 항상 곁에 두고 있으면 짐만 될 뿐이다. 이 짐은 결국에는 나를 공격하고, 무너뜨린다.

이젠 남편도 예전과는 많이 달라졌다. 이때쯤 화를 한번 낼 텐데 싶은 순간에도 조용하다. 가끔 남편에게 장난삼아 말을 건다.

"왜 조용해? 한번 발끈해야지?"

"저 사람도 힘든 일이 있나 보지."

"올, 웬일이래."

더 이상 방패가 필요 없다고 느낀 건지, 들고 있던 방패가 무거워져서인지는 모르겠다. 어찌 됐든 좋은 일이라 생각한다.

〈스페인 하숙〉이라는 프로그램을 즐겨봤다. 약 800킬로미터에 이르는 산티아고 순례길이 지나는 마을 한 곳에 숙박 시설을 마련하고, 지친 여행자들에게 잠자리와 식사를 대접한다는 취지의 프로그램이었다. 하숙집

잠시 불행하고 오래 행복하려면

에 들어오는 여행자마다 커다란 배낭을 하나씩 짊어지고 있었다. 보기에도 무척 무거워 보였다. 여행자들은 짐을 정리하고 한자리에 모여 식사를 했다. 공통으로 나오는 대화는 짐에 대한 이야기였다. "처음에는 이것저것 다 넣었는데, 도저히 안 되겠더라고요." "그죠? 저도 그랬어요. 온갖 것 다 가져왔는데 다 버렸잖아요. 하하하."

순례길을 완주하는 데는 약 한 달 정도가 걸린다고 한다. 한 달을 걷는 데도 짐이 무거워 도중에 다 버린다고 한다. 흔히 인생을 긴 여행에 비유한다. 한 달과는 비교도 안 될 만큼 긴 여정이다. 버려도 되는 짐은 미리미리 버리자. 지금까지 이고 지고 왔더라도 미련 없이 버리자. 언젠가는 버릴 짐이다. 자존심? 그거 다 짐이다.

인간관계에서의
미니멀 라이프

　언젠가부터 미니멀 라이프가 유행하기 시작했다. 잘 쓰지 않는 것들은 과감히 버리고 꼭 필요한 것들로만 생활하는 미니멀 라이프. 가끔 연예인들이 TV에 나와 자기는 미니멀 라이프를 추구한다며 집을 소개하기도 했다. 처음에는 저게 뭐야 싶었다. 집이 왜 저렇게 휑해? 사람 사는 집 맞아? 싶을 정도로 어딘가 스산해 보이기도 했다. 방에 침대 하나가 덩그러니 있고, 거실에는 소파와 TV 외에는 아무것도 없었다. 저건 아니다 싶었다. 사람 냄새가 좀 나야지 하는 생각도 들었다.

21평짜리 작은 아파트에서 신혼을 시작했다. 나와 남편은 결혼 준비를 하면서 예물, 예단, 혼수 등 생략할 수 있는 것은 다 생략하자고 합의를 봤다. 대신 대출을 끼고 집을 샀다. 17년 전이니까 가능한 이야기이다. 집을 사는 대신 꼭 필요한 가전이나 가구 외에는 집에 아무것도 들여놓을 수가 없었다. 21평짜리 작은 아파트가 어찌나 넓어 보이던지. 둘이서 앞으로 여기를 어떻게 채워 나갈지 고민했던 기억이 있다.

지금은 이사를 와서 그때보다는 조금 더 넓은 집에 살고 있다. 아파트 평수는 그렇게 크게 늘지 않았지만 짐은 세 배, 아니 네 배쯤은 늘어난 것 같다. 오래된 책들, 아이의 어릴 적 물건, 추억이라며 쉽게 버리지 못하는 물건들이 집안 곳곳에 쌓여 있다. 이제는 버리자 하면서도 막상 버리려니 왠지 한 번은 더 쓸 것 같은 미련이 생긴다. 이 짐들은 우리의 생활 공간을 점점 침범하고 있었다. 짐을 모시고 사는 듯한 기분마저 든다. 이래서 그렇게들 미니멀 라이프를 추구하나 보다.

회사의 어느 후배는 발이 정말 넓었다. 다른 부서 사람들하고도 친하고, 회사에 모르는 사람이 없었다. 그만큼 정보도 빨랐다. 회사 소식은 팀장에게 듣는 것보다 이 후배에게 듣는 게 더 정확하고 빨랐다. 나는 많은 사람들과 어울리는 걸 별로 좋아하지 않는다. 싫은 사람에게 대충 맞춰 주는 것도 잘 못한다. 그러다 보니 같은 부서 사람들 외 다른 사람들은 만날 일도 친해질 일도 전혀 없었다. 그런 나였기에 가끔은 이 후배가 부러울 때도 있었다. 회사 생활은 저렇게 해야 하는데 싶기도 했다.

그런 그녀가 어느 날 나에게 고민을 털어놨다. 매주 화요일마다 점심을 같이 먹는 모임이 있는데 그 모임의 멤버 중 한 명이 너무 싫다는 것이었다. 이게 무슨 말인가. 지금까지 그 둘은 굉장히 친해 보였고, 친함을 넘어 돈독한 사이처럼 느껴졌다. 후배 말에 따르면, 그 사람은 항상 자기 이야기만 하고, 후배가 뭔가를 이야기하면 늘 대수롭지 않게 받아치고, 다시 자기 이야기로 돌아간다는 것이다. 화제는 항상 자기 주변 사람들이 얼마나 대단한지에 대한 이야기라고 했다. 가만히 그 사람이 하는 말을 듣고 있다 보면 내가 왜 이 이야기를 듣고 있어야 하나 싶은 생각이 절로 든다며 그 시간이 괴롭다고 했다. 나는 좀 의아해서 물었다. "이제 그냥 빠진다고 하면 되지 않아?" 그녀는 이제 와서 어떻게 빠지겠다고 말할 수 있겠냐며 만약 그런다면 분명 이런저런 말이 많을 거라고 했다. 나는 또 물었다. "자리에서 점심 간단히 먹고 좀 쉬겠다고 하면 안 돼?" 그녀는 답답하다는 듯 "그럼 이상하죠."라고 했다. 이번엔 내가 답답했다. "그래도 그렇지. 어떻게 그렇게 싫은 사람하고 계속 밥을 같이 먹어." 그녀는 "그러니까요."라며 한숨만 내쉬었다.

그녀는 이후로도 종종 나에게 뒷이야기를 전하며 힘듦을 호소했다. 가만 보면 이런 고민을 하는 건 그 후배 뿐만은 아닌 듯했다. 겉으로는 친해 보였지만 뒤에서는 좋지 않은 이야기를 하는 사람들이 꽤 있었다. 피할 수 없는 사이도 아닌데 불편한 관계를 계속 이어 가는 게 나는 어쩐지 이해가 되지 않았다. 보고 있자니 안쓰럽기까지 했다.

3장 | 덜어내기

아이가 초등학교에 입학하면서 엄마 모임이 많아졌다. 주로 방과 후 모임에 대한 이야기, 학교나 선생님에 대한 정보를 나눴다. 아이들의 친목 도모도 엄마들의 역할 중 하나였는데, 엄마들끼리 친해야 아이들끼리도 금방 친해지는 듯했다. 워킹맘이었던 나로서는 이런저런 모임에 다 쫓아다닐 수가 없었다. 그러다 보니 우리 아이만 따돌림을 당하는 건 아닌지, 내가 정보를 놓쳐 해야 할 것을 제때 못 하는 건 아닌지 늘 불안했다. 또 학교 행사에 가서도 아는 엄마들끼리 삼삼오오 모여 있을 때 나만 뻘쭘하게 있는 것도 고역이었다. 이렇게는 안 되겠다 싶어 무리해서 몇 번인가 모임에 참석했다. 몇 차례 가 보고 난 후 나는 더 이상 안 가도 되겠다는 결론을 내렸다. 학교에서 보내주는 공지 사항만 잘 확인해 두면 엄마들 모임에서 나누는 이야기는 몰라도 크게 상관없었고, 또 잘 모르는 건 학교에 전화하면 훨씬 더 자세하게 알 수 있었다. 아이의 교우 관계도 시간이 지나니 스스로 알아서 마음이 맞는 친구들끼리 모여 잘 놀았다.

회사 동료도, 엄마들 모임도 밖에서 보기에는 그들만의 뭔가가 있어 보였다. 무척 친밀해 보였고, 많은 정보를 나누는 듯했다. 보고 있으면 나도 저기에 껴야 하나 불안한 마음도 들었다. 막상 그 안에 들어가 자세히 들여다보니 별게 없었다. 오히려 친하기만 해 보였던 사이도 알고 보면 서로 불편해하는 관계일 때도 있었고, 심지어는 없는 자리에서 험담을 하기도 했다. 미련을 못 버리고 끼고 있는 짐들이 점점 생활 공간을 침범해 오는 것처럼, 뿌리치지 못하고 끌려다니는 관계도 각자의 삶의 영역을 침범한다. 불필요한 것들은 빨리 정리해야 한다. 그래야 내 삶의 영역을 내 마음대로 가꿀 수 있다. 미니멀 라이프는 분명 삶의 질을 높여 준다. 생활 공간뿐만 아니라 인간관계에서도 마찬가지다. 갖고 있으면 있을수록 짐밖에 안 되는 것들은 아쉬워 말고 정리해야 한다.

알아주길 바라지
않게 해 주세요

법륜 스님에게 한 여성이 질문했다.

"남편이 돈은 못 벌더라도 제 마음만 좀 알아줬으면 좋겠는데 어떡하면 좋을까요?"

스님은 대답했다.

"아이고, 그게 돈 벌어 오는 것보다 더 어려운데…. 상대가 자기 마음을 알아준다는 건 불가능합니다. 자기도 상대 마음 몰라요. 내 불편한 것만 생각하지. 그런 기대는 너무 큰 기대 아니겠습니까. 욕심 중에도 상욕심이에요. 마음을 알아준다…, 어떻게 저렇게 큰 꿈을 꾸셨을까."

듣고 있던 여성분은 머쓱해하며 다시 말했다.

"기대를 하면 안 되는 건 아는데, 보면 또 자꾸 기대를 하게 되니까 힘들더라고요."

스님은 거기에 이렇게 답했다.

"아무 기대도 하지 마요. 내 기대가 나를 괴롭히는 거예요. 상대가 나를 괴롭히는 게 아니고."

여전히 해답을 얻지 못한 듯한 표정을 짓는 여성에게 스님은 마지막으로 이렇게 말했다.

"나를 알아주는 사람은 이 세상에 아무도 없어요. 부처님이 나를 알아주길 원하면 나는 영원히 부처님의 노예가 되고, 하느님이 나를 알아주길 원하면 나는 영원히 하느님의 노예가 되고, 남편이 나를 알아주길 원하면 나는 영원히 남편의 노예가 되고, 부모가 나를 알아주길 원하면 나는 영원히 부모의 노예가 돼요. 노예가 될 뿐만 아니라 미워하게 돼요. 왜냐하면 현실에서 그들은 안 알아주니까. 내가 그들을 미워하고 원망하면서 살 필요가 뭐가 있어요. 그건 그냥 어리석은 거예요. 인생의 주인이 내가 돼야지. 누가 어떻게 해 주길 원하는 건 자기를 고

통에 빠뜨리는 어리석은 행위일 뿐이에요."

누군가 나를 알아주지 않으면 섭섭하고 서운하다. 불안하고, 화도 난다. 화를 내자니 쪼잔해 보일까 화도 못낸다. 참고 있자니 우울해진다. 그러면 속수무책으로 그 사람이 싫어진다. 또 내가 이렇게 고통받고 있다는 걸 그 사람은 전혀 모르기에 다시 화가 나고 억울해진다. 무한 반복이다.

스님에게 질문을 던진 여성처럼 나도 남편이 내 마음을 알아주길 바랐다. 내가 회사에서도 힘들고, 집에 돌아와서도 힘들다는 것을. 그럼에도 불구하고 나름 애쓰고 있다는 것을. 둘 다 잘하고 싶은 마음이 있다는 것을 알아주길 바랐다. 기대와 달리 남편은 전혀 알아주지 않았다. 많이 섭섭했고 화가 났다. 내가 뭐 하러 이렇게 열심히 사나 싶어 우울했다. 다 의미 없게 느껴졌다. 남편이 싫어졌다. 더 이상 남편에게 뭔가를 기대하는 건 아무 의미가 없는 듯했다.

기대를 놓기 시작했다. 알아주는 게 무슨 의미가 있냐며 스스로를 달랬다. 남편이 알아주지 않아도 내가 나를 알아주면 되지 않나 싶었다. 알아주지 않는 남편이 문제가 아니라 애초에 불가능한 것을 바란 내게 문제가 있었다고 생각하기로 했다. 마음이 좀 편해졌다. 생각해 보니 나도 남편의 마음을 잘 몰랐다. 사실 알고 싶지도 않았다. 내가 가진 힘듦이 훨씬 더 커 보였기 때문이다. 남편도 마찬가지이지 않았을까? 자기가 처한 상황이 그 무엇보다 힘들었을 사람이다. 그런 사람에게 나의 힘듦을 알아 달라고 했던 건 나의 이기심이었음을 깨달았다.

법륜 스님의 말씀이 맞는 듯하다. 남편이 내 마음을, 내 힘듦을 알아주기를 바랄 때, 나는 남편의 반응을 주의 깊게 살폈다. 말투, 눈빛, 미간의 찡그림 하나하나를. 그의 반응에 따라 나의 기분은 오락가락했다. 원하는 반응이 나오지 않을 때는 '네가 그렇지.' 하면서 혼자서 분노를 삭였다. 그랬다. 내가 노예를 자초하고 있었다. 스스로를 괴롭히고 있던 것이다. 너무나도 어리석었다.

마음에 변화가 생겨서인지 남편은 나에게 많이 달라졌다고 했다. '내가 달라졌으니 이젠 당신도 좀…' 하는 생각도 들었지만 다 부질없음을 알기에 마음을 곧 고쳐 먹었다.

나를 알아주길 바라는 마음을 없애는 것은 쉽지 않다. 순간순간 실망하고 서운해진다. 그럴 때마다 '에휴, 그럼 그렇지.' 싶은 마음이 절로 생긴다. 그러나 마음이 괴로워지기 시작할 때 이젠 스스로에게 말을 건다. '몰라주면 좀 어때?' '알아준다고 뭐 뾰족한 수 있나?' 그러면 마음을 다잡기가 쉬워진다. 사실 도를 닦는 심정이기는 하다(이렇게 해서 종교인이 되어 가는 건가?). 마음만 편해질 수 있다면 뭔들 못하겠는가. 오늘도 기도한다.

"알아주길 바라지 않게 해 주세요."

사회적 알람을
꺼 두기로 했다

    얼마 전 TV에 유명 강사가 나왔다. 프로그램 특성상 집과 가족을 공개해야 했다. 공개된 집은 그 강사의 인지도나 나이에 비해 좀 작다 싶었다. 속으로 여러 가지 생각을 했다. '돈도 많이 벌었을 텐데 다 어디다 썼대? 다 투자하는 데 썼나? 사업에 실패한 적 있나?' 이런 생각을 하면서 한참 TV를 보는데 이 강사와 가족들의 모습을 보면서 내가 아주 잘못 생각했구나 싶었다. 이 가족은 집이 크고 작은 데에 전혀 개의치 않았다. 그리고 나도 유쾌한 이들 가족의 모습을 보면서 집이 좁은 건 점점 눈에 들어오지 않게 되었다. 오히려 자신감 넘치는 그들의 모습을 보면서 저들에겐 저들만의 뚜렷한 삶의 기준이 있구나 싶었다.

나는 패션에 별로 관심이 없다. 센스도 없다. 물론 쇼핑도 좋아하지 않는다. 세상에서 쇼핑이 제일 괴롭다. 퇴사를 해서 좋은 이유 중 하나는 더 이상 옷에 신경 쓰지 않아도 된다는 것이다. 회사 다닐 때는 몇 벌 안 되는 옷을 가지고 매일 뭘 입을지 고민하는 것도 스트레스 중 하나였다. 패션에 관심이 없는 만큼 눈썰미도 없어서 누가 뭘 바꿨는지 뭘 새로 샀는지 잘 알아차리지 못한다. 또 알아차렸대도 그걸 화젯거리로 삼고 싶진 않다. 나에겐 별로 의미도 없는 일일뿐더러 자칫 민감한 문제를 건드릴 수 있기 때문이다. 이런 나와 달리 동료들은 누군가의 변화를 재빨리 알아봤다. 그러곤 한마디씩 건넸다. "머리 새로 했네. 훨씬 잘 어울린다." "신발 샀네. 완전 귀엽다." 가끔은 나도 분위기상 한마디 보탤 때도 있었지만 영혼은 없었다. 그들도 아마 나의 말에 영혼이 없음을 일찌감치 알아차렸으리라 짐작해 본다.

당연한 수순이지만 명품에 관해서도 잘 모른다. 얼마나 비싼지, 얼마나 유명한지, 어떤 브랜드가 있는지 전자 제품을 고르는 것처럼 내게는 복잡해 보이는 세계이다. 그런 내게, 명품을 좋아하는 후배 하나가 있었다. 내게 보여 봤자 잘 알지도 못하고 맞장구도 못 쳐주지만 기필코 자기가 산 물건이 '명품'임을 알게 해 줬다. 이건 어디 거고 얼마짜리고 남편이 선물로 사 줬다는 것까지 말이다. 그 후배의 영향인지 요즘 풍조가 그런지 몰라도 팀직원들은 하나씩 명품을 사기 시작했다. 덤으로 자랑은 필수였다. 반드시 남에게 알려야 했다. 내가 명품을 샀노라고.

그들과 어울려 지내다 보니 약간의 불편함이 따랐다. 자꾸 내 기준이 흔들렸다. 패션이나 명품에 별다른 관심이 없음에도 불구하고 '내 나이에 이런 거 들고 다니면 좀 그런가?' '이건 너무 없어 보이나?' 하면서 나도 모르게 그들의 기준을 따라가고 있었다. 어떤 때는 분위기에

휩쓸려 나도 뭐 하나 걸쳐야 하나 싶을 때도 있었다.

남편은 해외 출장을 자주 간다. 출장을 갈 때마다 꼭
물어보는 것이 있다. "필요한 거 없어? 가방이라도 하나
사 올까?" 내 대답은 항상 똑같다. "필요한 거 없는데?"
그러면 남편은 뭔가 못마땅하다는 듯이 대답한다. "사
다 준대도 싫다고 그러냐. 남들은 사 달라고 안달이라는
데." 이럴 때 '역시'라는 생각이 든다. 역시 나는 나대로
살아야 한다는 생각 말이다. 굳이 다른 사람들처럼 살려
고 애쓰지 말자. 나에겐 내 기준이 있다.

우리의 첫 차는 비스토였다. 나와 남편, 둘이 타고 다
니기엔 전혀 불편함이 없었다. 아이도 태어났지만 어릴
때까지만 해도 그냥저냥 탈 만했다. 아이가 커 가면서 조
금 좁아진 듯했고 좀 더 안전한 차가 있어야겠다 싶었다.
그 뒤로 몇 해가 지나 차를 바꾸게 됐다. 큰 차는 아니었
지만 셋이 타기엔 충분했다. 오래 걸린 만큼 가족 모두
기뻐했다.

그 후 남편은 점점 회사에서 직급이 올라갔고, 연봉도 올라갔다. 그럴수록 차가 마음에 걸렸나 보다. 비슷한 연배의 동기들과 비교가 되었던 모양이다. 차를 바꾼 지 얼마 되지도 않았는데 자꾸 다른 차에 눈길을 줬다. 지나가는 차를 볼 때마다 나와 아들에게 물었다. "좀 전에 저 차 어때? 괜찮지?" 차에 관해서도 역시나 아는 게 전무한 나로서는 "그러네." 하고 시큰둥하게 대답했다. 나의 대답이 신통치 않으면 아들에게 다시 물었다. "아들! 앞에 가는 저 차 어때? 우리 저 차 탈까?" 어린 아들은 멋도 모르고 대답했다. "우와 멋져!" 뭐 하는 짓인가 싶었지만 차를 향한 남편의 갈망은 시간이 갈수록 더해 갔다. 몇 년을 계속 차 얘기만 하더니 결국 더 큰 차를 샀다. 한동안은 남편의 자존심도 덩달아 올라간 듯했다. 한동안은.

'사회적 알람'이라는 말이 있다. 이 나이쯤이면 직장에 다녀야 하고, 이때쯤이면 결혼을 해야 하고, 곧 아이를 낳아야 하고, 더 나이 먹기 전에 집을 장만해야 하고,

다시 더 큰 집으로 옮겨야 하고. 알람은 끝도 없이 울린다. 일반론과 다를 바 없는 그 알람에 맞춰 살지 않으면 기준을 충족하지 못한 사람, 이상한 사람 취급을 받는다. 내 의지와는 전혀 상관없이. 때로는 이런 외부의 시선과 평가로도 모자라 스스로도 그 알람에 맞춰 살지 못하면 자신의 삶을 실패한 삶이라고 정의 내리는 이들이 있다.

남이 맞춰 놓은 알람이 내게 무슨 의미가 있을까? 남이 세워 놓은 기준에 나도 따라야 하나? 나에게는 내가 맞춰 놓은 나만의 알람이 있고, 내가 세운 나만의 기준이 있다. 또 알람 같은 거 없으면 좀 어떤가. 어차피 내 인생인데. 불편한 시선은 가볍게 무시하자. 네 인생이나 잘 살라고 하면서.

4장

해롭지 않은 인간관계를 만들기 위하여

상상하기

역지사지하는 습관

전 회사 대표는 항상 '역지사지'를 강조했다. 시무식 때, 종무식 때, 그리고 때때로 아무 때나.

"여러분 역지사지를 해야 해요. 항상 고객의 입장에서 생각해 보세요. 작은 거 하나라도 고객이 이걸 받으면 어떤 기분이 들지 생각을 해 봐요. 문서 하나라도 받는 입장에서 생각해 보고 작성을 하세요."

여기까지는 들을 만했다. 맞는 말이라고도 생각했다.

"회사도 마찬가지에요. 회사 입장에서 생각을 해 봐야지, 각자 개인만 생각해서는 회사가 발전을 할 수가 없어요. 내 회사라고 생각을 해야지, 회사는 회사, 나는 나,

이래서는 안 되는 거예요. 자기 할 일만 하면 된다는 생각으로 회사를 다녀서는 자기도 발전이 없고, 회사도 발전이 없어요. 회사가 발전을 해야 개인도 발전을 하는 겁니다."

'반대 아냐? 개인이 발전을 해야 회사가 발전을 하는 거지. 뭐라는 거야.' 이런 생각들이 스멀스멀 올라왔다. 점점 듣기가 거북해졌지만 대표의 말은 그칠 줄을 몰랐다.

"9시 정각에 출근해서 6시 땡 하자마자 퇴근하고, 이런 정신 가지고 뭘 하겠어요. 일찍 출근해서 그날 할 일도 미리미리 체크하고, 6시 됐다고 하던 일 내팽개치고 퇴근하지 말고 다 마무리하고 퇴근을 해야지. 그래야 하루가 보람이 있는 거지. 그냥 시간만 때우고 간다 생각하면 사는 게 무슨 의미가 있어요."

그때부터는 열이 올라오기 시작했다. '아니 정시에 와서 정시에 퇴근하는 게 당연하지. 요즘에 야근 강요하는 회사가 어디 있어.' 나만 이런 생각을 하는 건 아니었나 보다. 대표의 일장 연설이 끝나자마자 약속이나 한 듯 여기저기서 톡이 날아왔다.

"누가 시간만 때우고 가는데? 일이 산더미같이 쌓여 있고만. 제발 좀 그래 봤으면 좋겠네."

"역지사지하라며. 직원 입장도 좀 생각을 해 주셨으면 하네."

우리 부서의 부장은 늘 직원들이 일을 챙겨 줘야 했다. 정신을 어디에 두는지 놓치는 메일도 많았다. 나나 다른 동료들은 한 번씩 꼭 확인을 해야 했다.

"부장님, 며칠 전에 메일로 지시 하나 왔던데 확인하신 거죠? 공지도 없고 아무 말씀이 없으셔서…. 그냥 하던 대로 하면 되는 건가요?"

부장은 마치 알고 있었다는 듯이 대답했다.

"아, 그거? 그렇지 않아도 얘기하려고 했어."

"부장님, 이 건은 대리인이 변경된 거 같은데요? 메일 받은 거 없으신가요? 저희 계속 기존 사무실로 메일 보내고 있었는데…."

이번엔 전혀 모르는 눈치다.

"그래? 확인해 볼게."

종종 엉뚱한 지시를 내리기도 했다. 우리는 또 물어야 했다.

"부장님, 이거 이렇게 바꾸라는 말씀이신 거죠?"

"응."

"그럼 이미 나간 것들은 어떻게 할까요?"

"아, 그러네. 어떻게 할까?"

이걸 왜 나한테 묻는 건지. 내가 이런 것까지 고민을 해 줘야 하나….

참 난감했다. 하라는 대로 하자니 문제가 생길 게 뻔했고, 매번 틀렸다고 말하자니 비위를 거스를 것 같았다. 이런 직원들의 마음을 아는지 모르는지 부장은 근무 시간에 졸기까지 했다. 졸았다기보다 잤다고 하는 표현이 더 정확할 것이다. 코라도 고는 날에는 주변 직원들이 더 무안해졌다.

회사 생활 중 나를 가장 힘들게 했던 건 바로 '부장'이었다. 그날의 기분에 따라 필요 이상으로 상냥한 날이 있는가 하면 뜬금없이 버럭 화를 내는 날도 있었다. 나의 최대 고민은 '저 사람을 어떻게 해야 하나'였다. 어떻게 해야 일을 편하게 할 수 있을까, 어떻게 하면 부딪히지 않을까, 어떻게 내 편으로 만들 수 있을까 매일 고민했다. 문제가 생기든 말든 하라는 대로 해 보기도 했고, 버럭 화를 내도 마음의 수양을 쌓는다 생각하고 평정심을 찾으려 노력도 해 봤다. 특별히 달라지는 건 없었다. 오히려 화만 더 쌓여 갔다. 결국 해답을 찾지 못한 채 나는 퇴사를 했다.

퇴사 후 수없이 생각했다. 나는 왜 회사에 불만이 많았을까, 왜 그렇게 부장을 대하기가 힘이 들었을까. 한동안은 계속 모든 문제가 그들에게 있다고 생각했다. 나의 생각은 옳았고, 나의 행동은 정당했다고 여겼다. 그러던 중 문득 이런 생각이 들었다.

'나는 그들의 입장이 되어 보려는 노력을 해 봤나?'

대표는 왜 역지사지를 강조했고, 부장은 왜 화를 자주 냈을까? 그들의 입장을 생각해 봤다.

내가 대표라면….

무엇보다 직원들이 회사를 위해서 열심히 일해 주기를 바라지 않을까? 아무래도 일찍 출근해서 늦게까지 일하는 직원이 예뻐 보이겠지? 때로는 '저것들이 시간만 때우다 월급만 축내는 거 아냐?' 하는 생각도 들지 않을까? 들어오는 돈은 더 많았으면 좋겠고, 나가는 돈은 어떻게 해서든 줄이고 싶겠지. 당연히 회사의 이미지를 떨어뜨리는 일은 일어나지 않기를 바랄 테고. 그럼 저절로 직원들에게 역지사지를 강조하게 되지 않을까?

내가 부장이라면….

할 일은 많고, 신경 쓸 것도 많겠지. 그러다 보면 놓치는 것도 생기고, 미처 생각하지 못한 것도 있을 테고. 내 실수가 조용히 넘어가면 좋겠는데 부하 직원들은 꼬박꼬박 발견해서는 나를 무안하게 만들고. 졸고 싶지는 않

은데 몸은 말을 안 듣고. 들키기라도 하면 엄청 무안하겠
지? 짜증은 나고 떨어진 위신은 회복하고 싶지 않을까?
그러다 뭐라도 걸리면 '이것 봐라. 잘됐다.' 싶은 마음이
절로 들지 않을까? 그럼 버럭 화부터 내고 보는 거다.

이제야 모든 게 이해가 됐다. 역시 '역지사지'가 답이
었다. 더 일찍 깨달았더라면 나의 회사 생활이 좀 더 편
하지 않았을까. '그래, 그럴 수도 있지 뭐.'라는 마음으로
많은 걸 너그럽게 대할 수 있지 않았을까.

세상의 중심은 나라고?
그럴 리가

가까운 지인 중 아이와 사이가 좋지 않은 이가 있었다. 가만히 지켜보니 아이뿐만 아니라 다른 가족들과도 퍽 서먹해 보였다. 한번은 그에게 넌지시 물었다.

"주말엔 주로 뭐하세요?"

"내가 미드를 좋아해서 주말엔 하루 종일 밀린 미드를 보지. 주중에는 일하느라 바빠서 못 보니까."

"하루 종일이요? 그럼 애들은요?"

"애들은 엄마가 보는 거지."

"아…"

적잖이 놀랐다. 어느 시대 사람인가 싶기도 했다. 조심스럽게 다시 물었다. "그래도 아직 애들이 어린데 아빠가 같이 놀아 주면 좋아하지 않을까요? 엄마도 혼자 힘들 테고." 그런데 그의 다음 대답은 더 놀라웠다. "세상은 나를 중심으로 돌아가는 거야. 내가 먼저지."

나도 한때는 세상이 나를 중심으로 돌아간다고 스스로 최면을 건 적이 있었다. 그렇지만 그건 앞에서 언급한 지인의 경우와는 조금 달랐다. 그 당시 나는 매사에 자신감이 부족한 사람이었고, 자신감을 얻기 위해 '세상은 나를 중심으로 돌아가. 그러니 못 할 것이 없어. 자신감을 갖자.' 하고 스스로에게 되뇌었던 것이다. 그렇지만 나의 지인은 정말로 세상이 자신을 중심으로 돌아간다고 믿고 있는 듯했다. '내가 중심이고 나머지는 전부 나를 위해 존재하는 것이다.'라고.

문득 '왜 세상은 나를 알아봐 주지 않을까?' 같은 생각이 드는 때가 있다. 이렇게 열심히 살고 있는데 왜 그만한 대가가 돌아오지 않는 걸까 하고 말이다. 그때는 세상이 전부 나를 등지고 있는 것만 같다는 어처구니없는 생각도 하곤 했다. 나중에야 알았다. 사람들이 나를 보고도 못 본 척하는 것이 아니라 정말로 나를 못 봤다는 것을. 못 봤다기보다 나를 볼 이유가 없었다는 것을. 아무도 내가 얼마나 열심히 사는지 관심을 가질 이유가 없었던 것이다. 내가 남들이 뭘 하면서 사는지 관심이 없었던 것처럼.

회사에서 일을 하다 보면 가끔 후배가 말을 걸어올 때가 있었다.

"제가 어제 너무 바빴잖아요. 그 일도 있었고. 근데 오늘 또 부장님이 저보고…"

"그 일? 뭐?"

"그 보고서 건이요."

"아아, 그거."

전날 후배에게 무슨 일이 있었는지 일일이 기억하지 못할 때가 훨씬 많았고, 기억은 하고 있었어도 그리 대수롭지 않게 여긴 적도 많았다. 후배의 목소리에는 자신의 일을 기억하지 못하는 나에 대한 약간의 서운함이 묻어 있는 듯했다.

나도 한동안 후배와 비슷한 마음이었다. 왜 내 일을 몰라주지, 왜 내게 관심을 갖지 않지 하고 주변을 원망했었다. 어제 후배에게 일어난 일을 그새 까맣게 잊어버린 나를 생각하면 이는 너무나도 자연스러운 일이었다. 후배 일보다 내 일이 더 중요했고 더 급했다. 남들도 마찬가지였던 게 아닐까? 자기 일도 아닌데 굳이 내 일을 기억해 줄 이유가 없었던 것이다. 그것도 모르고 혼자만 섭섭하다 생각했다.

가끔 모든 것을 지나치게 나를 중심으로 생각할 때가 있다. 나에게 일어난 일, 내 감정, 내 불행, 내가 원하는 것 등에 너무 집중한 나머지 남들도 나만큼 나에게 관심이 있다고 착각할 때가 있다. 그 착각이 정말로 착각이었음을 깨달았을 때 밀려오는 섭섭함과 허무감은 이루 말할 수 없다.

"내가 이렇게 고생했는데 사람들이 어떻게 나한테 이 럴 수 있지?"

"내가 이렇게까지 하는데 몰라준다는 게 말이나 돼?"

사람들이 종종 하는 이런 말에는 그런 서운함이 고 스란히 녹아 있다.

남편도 가끔 나에게 이런 말을 하곤 했다.

"내가 올해 이것 때문에 얼마나 고생을 했는데 어떻 게 이러냐."

그럼 나는 아주 현실적으로 대답했다.

"원래 남들은 내가 얼마나 고생했는지 모르는 법이야."

남편은 그럼 섭섭하다는 듯이 말했다.

"아니 그걸 왜 몰라. 뻔히 봤으면서."

나는 다시 한마디를 건넸다.

"자기도 남들이 얼마나 고생했는지 잘 모르잖아."

이 말에 남편은 "하긴 그건 그렇다."며 바로 수긍했다.

세상은 나를 중심으로 돈다며 온통 내 기준, 내 시선,

내 입장만 생각해선 안 된다. 각자에겐 각자의 세상이 있고 다른 사람들 역시 세상의 중심은 자기 자신이라고 생각한다. 그들에게 나는 세상의 중심이 아니다. 나는 중심 언저리에도 없다. 나도 그렇듯이 남들도 자기 자신에게만 관심이 있다는 것을 받아들여야 한다. 그렇지 않으면 온통 섭섭한 일 천지다.

또 이왕이면 내가 세상의 중심이 아니라는 생각에서 조금 더 나아가 '나'에게 집중되어 있는 시선을 '남'에게로 조금만 돌려 보자. 남에게 일어난 일, 남의 감정, 남의 불행, 남이 원하는 것도 살펴보는 여유를 가져 보자. 조금만 주의 깊게 들여다보면 생각보다 쉽게 보인다. 그러다 보면 때로는 손 내미는 일도 쉬워진다.

최적의 거리가
최선의 관계로

    독서 모임을 몇 개 하고 있다. 책을 읽고 여러 사람들과 생각을 나누는 것을 좋아한다. 같은 책을 읽었는데 느낀 점도 다르고, 와닿은 포인트도 제각기 다르다. 서로 이야기를 나누다 보면 몰랐던 것도 알게 되고 생각하지 못했던 것도 생각해 보게 된다. 시야가 탁 트이는 느낌이다. 새로운 것들을 이야기하다 보니 말하는 사람에게 더 집중하게 된다. 다른 사람들도 내 말에 집중해 주니 대화가 즐겁다. 이런 모임이 좋아지면서 다른 모임이 재미없어지기 시작했다. 모여서 의미 없는 수다나 남의 뒷얘기를 하고 있으면 내가 꼭 이 자리에 있어야 할까 하고 생각하게 된다. 이런 모임은 대체로 긍정적인 에너지보다 부정적인 에너지로 채워져 있는 경우가 많다. 꽤 긴 시간을 보내고 왔는데 즐거웠다기보다 뭔가 허전하고 피곤한 느낌이 든다.

또 어떤 모임은 정기적으로 만나기는 하는데 모일 때마다 매번 똑같은 대화를 나눈다. 매번 옛날이야기, 아이들 이야기, 사는 게 힘들다는 이야기, 나라 걱정…. 변한 것도 새로울 것도 없는 이야기들. 그런데 신기하게도 똑같은 이야기를 몇 번째 하는데도 똑같은 포인트에서 웃고 똑같은 포인트에서 열을 올린다. 생각의 발전을 찾아보기 힘들다. 점점 이런 모임들을 줄여 가고 있다. 만나서 즐겁지 않은 사람과도 마찬가지다. 만날 때마다 뭔가 찜찜한 기분이 드는 사람이 있다. 말을 꼬아서 하기도 하고 유쾌하지 않은 말을 농담이라며 아무렇지 않게 던지기도 한다. 전에는 만나자고 하면 내키지 않아도 나가서 밥 먹고, 차 마시고, 이야기도 들어주고 왔지만 이젠 그러지 않는다. 내 생활에 더 집중하기로 했다. 이러다 보니 인간관계가 많이 단출해졌다. 그런데 지금이 좋다. 시끄럽지 않고, 불필요한 말 듣지 않아도 되고, 나에게 집중할 수 있어서 좋다.

모든 관계를 다 정리하는 것만이 답은 아니다. 또 그럴 수도 없다. 다만 거리는 내가 조절할 수 있다. 관계를 유지하기에 버겁지 않을 정도로. 가까운 것, 자주 보는 것만이 좋은 것은 아니다. 정말 좋은 관계는 1년 만에 봐도 어제 본 것처럼 대화가 어색하지 않다. 반대로 좋지 않은 관계는 자주 봐도 볼 때마다 서먹하고 할 얘기도 없다.

내 의사는 묻지 않고 불쑥 거리를 좁히려는 사람들이 있다. 그런 사람들은 보통 한번 거리를 좁히면 좀처럼 멀어지는 걸 허락하지 않는다. "나는 너를 그렇게 생각 안 했는데, 너는 나를 그렇게 생각했나 보다."라며 섭섭함을 감추지 않는다. 방심했다가는 끌려다니기 딱 좋다. 내 마음과 다를 때 혹은 아직 그럴 준비가 안 되어 있을 때는 분명하게 의사를 표시해야 한다. 상대방에게 거리 조절을 맡겨서는 안 된다. 인간관계에서 거리는 꽤 중요하다. 최적의 거리가 최선의 관계를 만든다. 적당한 거리를 찾고 그 거리를 유지하려는 노력을 아끼지 말자. 지금 힘든 관계가 있다면 먼저 적당한 거리를 두고 있는지 생각해 보자. 너무 가까운 건 아닌지, 혹은 반대로 너무 멀어서 그런 건 아닌지.

라떼는 말이야

전 회사에서 한 동료는 그 회사에서만 거의 20년을 보냈다. 그곳이 첫 직장이라고 했다. 신입에서 시작해 차장까지 올라갔으니 이것저것 안 해 본 일이 없었다. 그런 그녀가 자주 썼던 말이 있었다. 바로 "나 때는…"이었다. 누군가 맡은 업무가 힘들다는 푸념을 하기라도 하면 어김없이 튀어나오던 말이다.

"야, 나 때는 지금보다 더 심했어."

"그죠. 그러셨을 것 같아요."

"지금 하는 건 아무것도 아냐."

"……"

그대로 더 이상 할 말이 없게 만들었다.

한번은 이런 때도 있었다.

"이건 진짜 비효율적인 것 같아요. 숫자만 입력하면 되는 건데 좀 편한 방법이 있으면 좋겠어요."

"나 때는 일일이 타자로 쳤어. 지금은 그래도 편한 거야."

그녀는 나랑 동갑이다. 나도 타자 세대는 아닌데 들을 때마다 신기했다. 그녀는 후배들의 푸념을 듣는 날이면 종종 나에게 따로 속마음을 전했다. "아니 저게 왜 힘들다는 거야? 나도 다 했던 일인데." 나는 "그러게." 말고는 달리 할 말이 없었다. 그녀는 항상 마지막에 이 말을 덧붙였다.

"참 요즘 애들은 이해를 할 수가 없네."

그녀는 예전 이야기하기를 좋아했다. 자신이 신입 때 얼마나 고생을 했는지, 얼마나 많은 일을 했었는지, 얼마나 못된 상사가 있었는지 등등. 그런 그녀가 누군가의 힘들다는 말에 제일 공감을 못한다는 사실은 어쩐지 아이러니했다. 이런저런 일을 다 겪어 봤으면 그 힘듦에 누구보다 더 많이 공감할 수 있었을 텐데 말이다. 그 시절 그녀가 힘들었던 것처럼 지금의 후배들도 분명 나름의 어려움이 있을 것이다. 그때보다 기술적으로는 당연히 편해졌지만, 옛날보다 편해졌다고 지금 힘든 건 힘든 게 아니라고 할 수 있을까? 경력이 20년 정도 된 그녀에게는 쉬운 일일 수 있지만 후배들에게는 전혀 그렇지 않을 수도 있다. 이토록 당연한 생각을 왜 못하는지 좀 의아했다.

이럴 때면 가끔 할머니가 요즘 엄마들을 보고 하는 말이 떠오르기도 했다.

"지금은 편하지 뭐. 빨래는 세탁기가 다 해 줘, 청소는 청소기가 다 해 줘, 밥은 전기밥솥이 알아서 다 해 줘, 요즘은 말도 하대? 힘든 게 뭐가 있어."

"……"

"우리 때는 세탁기가 어딨어. 빨랫거리 죄다 싸매고 가서 동네 우물에서 빨래했는데, 겨울은 왜 그렇게 추워 또. 밖에서 빨래할래 봐 손이 꽁꽁 얼어붙어 가지고. 아이고, 요새 애들은 그런 거 모르지. 호강이야 호강."

'도대체 왜 저래?'라는 생각을 좀 내려놔 보면 어떨까? 누군가를 이해해 보려 하기 전에, 혹은 어떤 심정인지 알아보려 하기 전에 '저 사람은 왜 저러지?' '왜 저렇게까지 난리야?' 하는 마음이 앞설 때가 있다. 그 순간 생각은 멈추고 상대방은 '이상한' 사람 혹은 '유별난' 사람이 되어 버린다. 왜 힘들다고 하는 건지, 구체적으로 어떤 점이 힘이 드는지, 어떤 마음인지, 얼마만큼 괴로운 건지 알려 하지 않는다. 자신의 경험치 또는 사고방식으로 상대방의 힘듦을 판단한다. 이 정도는 힘든 게 아니다. 이 정도는 괜찮다는 말은 자기 자신에게만 해야 하는 말이다. 상대방이 힘들다는데 내 멋대로 그 정도는 괜찮다고 하는 것은 어딘가 이상하지 않은가? 넘어져 우는 아이에게 어른들은 말한다.

"괜찮아, 괜찮아. 에이, 이 정도는 안 아파. 뚝!"

누가 괜찮다는 것인가. 내가 괜찮은 것인가, 아이가

괜찮은 것인가. 아이는 아프다며 울고 있는데 그 정도는 안 아픈 것이라고 한다. 내가 넘어진 것도 아닌데. 내가 아픈 것도 아닌데. 나는 그 아픔을 잘 알고 어느 정도 익숙해져 있다고 해도, 아이는 아직 그 아픔에 익숙하지 않다. 당연히 더 아플 수밖에 없다. 그 아픔을 잘 알고 있다면 누구보다 더 공감해 줘야 한다.

님아, 그 충고를
잠시 참아 보오

충고하기를 정말로 좋아하는 지인 하나가 있었다. 그는 만나는 사람에게마다 충고를 했다. 마치 자신은 이미 다 경험해 봐서 세상의 모든 이치를 깨달았다는 듯 하고 다녔다. 나보다 겨우 네 살 위인 그는, 우리 부부를 만날 때마다 이렇게 이야기했다.

"너네는 너무 열심히 살아. 그렇게까지 할 필요 있어?"

"열심히 해야지. 지금 한창 열심히 살아야 할 땐데."

"그러지마. 좀 즐기면서 살아."

"……"

"이젠 열심히 하는 거 말고 좋아하는 거 찾아야 해. 지금부터라도 좋아하는 걸 찾아 봐."

"그것도 중요하긴 하지."

나는 대충 대화를 마무리하려 시도해 봤지만 그의 충고는 계속 이어졌다.

"너는 뭐 좋아하니?"

"글쎄."

"좋아하는 거 찾아. 그거 중요하다."

처음 한두 번은 들을 만했다. 아주 틀린 말도 아니었고 어쨌든 좋은 뜻에서 해 주는 말이었기 때문에 주의 깊게 듣기도 했다. 하지만 같은 얘기가 계속해서 반복되었고 그럴수록 그의 말이 귀에 잘 들어오지 않았다. 나중에는 그 자리를 뜨고 싶어졌다.

그는 또 어린 친구들을 보면 항상 이렇게 물었다.

"넌 앞으로 뭐 하고 싶니?"

이 말을 들으면 '아, 또 시작이구나.' 했다.

나 역시도 회사에서 나보다 어린 친구들을 보면 자

꾸 내가 후회했던 것들을 알려 주고 싶은 충동이 일었다. 그냥 보고 있자니 왠지 안타까워 보일 때도 있었고, 때로는 한심해 보일 때도 있었다. 못 참고 기어이 한마디씩 했다.

"영어 공부해. 일어 하나만으로는 경쟁력이 없어."

"그쵸. 하긴 해야 되는데 제가 좀 게을러서요."

이때 눈치를 챘어야 했다. 이것이 듣기 싫다는 사인이라는 것을. 그러나 나는 눈치 없이 꼭 한마디를 더 했다.

"그래도 해."

때로는 우리 아이보다 한참 어린 아이가 있는 지인의 이야기를 듣다가도 한마디를 했다.

"너무 어려서부터 영어 공부에 열 올리지 않아도 되겠더라고요. 어릴 때는 그냥 흥미 위주로 하면 될 거 같아요. 어차피 중학교 가니까 회화보다는 문법에 더 치중하게 되고."

"그런가요?"

"저는 그렇더라고요. 영어도 좋지만 책 많이 읽는 게

중요한 거 같아요."

"맞아요. 책 많이 읽는 것도 중요하죠."

이때도 여기서 멈춰야 했다.

"책 많이 안 읽은 애들은 확실히 어휘력도 떨어지고, 이해력도 떨어지고…"

지금 생각하니 얼마나 듣기 싫었을까 싶다. 고작 중학생 하나 키우면서 대학이라도 보내 놓은 것처럼 떠들어 댔으니.

내가 듣기 싫은 말은 남들도 듣기 싫어한다는 걸 뒤늦게 깨달았다. 나도 남의 충고가 듣기 싫었으면서 여기저기 충고를 남발하고 다녔다. 내가 속으로 '알았어. 알았으니까 그만해.'라고 외쳤듯이 내 충고를 들은 누군가도 속으로 같은 말을 외치지 않았을까.

충고할 때의 마음을 잘 들여다보면 '나는 옳고 너는 틀렸다.' 혹은 '나는 알고 너는 모른다.'라는 확고한 전제가 깔려 있다. 무슨 자신감인지…. 단지 몇 년 더 살아 봤다는 이유로, 경험을 먼저 해 봤다는 이유로 사람들은 자꾸 누군가에게 충고를 한다. 내가 느끼고 경험한 것이 전부라고 생각한다. 그리고 그게 정답이라고 생각한다. 세상은 하루가 다르게 달라져 가는데 과거의 경험이 지금도 답이 될 수 있을까? 이렇게 복잡하고 다양한 세상에서, 과연 내가 아는 삶의 방식이 전부라고 말할 수 있을까?

내 생각이 옳다는 생각부터 버려야 한다. 그럴 확률보단 그렇지 않을 확률이 훨씬 높으니. 함부로 충고하지 말자. 충고 좀 안 한다고 그 사람 인생 어떻게 되지 않는다. 잘못된 충고가 오히려 해가 될 뿐.

궁금해 하는 마음을
멈추지 말아요

　우리는 '안다'는 말을 자주 한다. '나 그 사람 알아.'
'그 책 알아.' '거기 알아.' 과연 얼마만큼을 알아야 안다
고 할 수 있을까. 사람을 예로 들면 얼굴을 알고 이름을
알면 안다고 할 수 있을까? 만나 보고 대화를 나눠 본 뒤
라야 안다고 할 수 있을까? 아니면 속 깊은 얘기 정돈 나
눠 본 뒤 언제고 자연스럽게 그 사람이 어떤 생각을 하는
지 알 정도가 되었을 때 '안다'고 할 수 있을까? 그럼 책
은 어떨까. 한 번 읽은 책은 안다고 말할 수 있을까. 읽고
다 이해를 해야 안다고 할 수 있을까. 뭘 그렇게 복잡하게

생각하느냐고 할지도 모르겠다. 알면 아는 거지.

　엄마는 종종 아빠에게 "내가 당신 마음을 모를까
봐?"라고 했다. 아빠는 그럴 때마다 억울하고 당혹스런
표정을 지었다. 내가 보기에도 엄마는 아빠 마음을 모르
는 것 같았다. 안다기보다 그냥 엄마가 넘겨짚을 뿐이라
고 생각했다. 엄마는 나에게도 "내가 너를 몰라? 너는 엄
마 손바닥 위에 있어."라며 진짜 내 마음을 훤히 꿰뚫고
있기라도 하는 듯 말했다. 그렇지만 엄마는 내 마음을
몰랐다.

　표정만 봐도 남편의 기분을 안다고 생각한 적이 있었
다. 남편은 대화를 잘 하다가 갑자기 얼굴에서 표정이 사
라질 때가 있다. 눈조차 깜빡이지 않는다. 그럴 때마다
나는 생각했다. '뭐 또 마음에 안 드는 게 있구나. 뭐가
마음에 안 드는데?' 한순간에 내 기분도 상했다. 나중에
서야 알았지만 그건 뭔가 생각이 날 듯 말 듯 한데 잘 생
각나지 않을 때의 표정이었다. 남편도 마찬가지로 나의

어떤 표정을 보고는 "삐졌지?"라고 물은 적이 있다. 나는 전혀 아니라고 답했고 실제로도 전혀 아니었지만 남편은 계속해서 "삐졌는데 뭘. 내가 모를 거 같아?"라고 했다. 그저 답답할 뿐이었다.

　가끔 상사는 내 말이 채 끝나지도 않았는데 "무슨 말인지 알겠는데."라며 자기 하고 싶은 말을 하기 시작했다. 나는 생각했다. 안다고? 나 아직 다 안 말했는데? 또 어느 때는 전혀 내 감정을 모를 것 같은 친구가 "나 그 감정 뭔지 알 거 같아."라며 내 말에 불쑥 끼어들고는 자기 얘기를 하기 시작했다. 막상 들어 보면 그 감정은 내가 말하려던 감정과는 달랐다.

　혜민 스님은 뭔가를, 누군가를 안다고 생각하는 순간 분리감과 선입견이 생긴다고 했다. 뭔가를 안다고 생각하는 순간, 그건 더 이상 궁금하지도, 신비롭지도 않은 존재이자 현상이고 나의 관심에서 멀어져 버린다.

　나를 포함한 많은 사람들이 그랬다. 상대방을 잘 모

르면서 안다고 생각했다. 안다고 생각하는 순간부터 상대방의 말을 건성으로 듣기 시작했고, 표정이나 몸짓도 더 이상 살피지 않았다. 더 알려고도 하지 않았다. 서로 분리되었다.

한 번 본 책 혹은 한 번 본 영화를 어쩌다 다시 보면 굉장히 새롭다. 내용을 다 알고 있다고 생각했던 책도 다시 보면 전과 달리 마음에 새겨지는 문장이 있다. 장면 하나하나까지 다 안다고 생각했던 영화도 다시 보면 전에는 보이지 않던 주인공의 표정이 보일 때가 있다. 일본어를 한창 공부하던 시절 영화 〈러브레터〉와 〈4월 이야기〉를 보고 또 봤다. 일본어 공부를 위해 보기 시작한 영화였지만 보면 볼수록 새롭고 안 보이던 장면이 계속 눈에 들어왔다. 나중에는 마치 내가 주인공이 된 것만 같았다. 주인공과 똑같이 슬프고, 똑같이 설레고, 똑같이 기뻤다.

매일 보는 상대라도 오늘 처음 보는 것처럼 어떤 사람

일지 궁금해하는 마음으로 대해 보면 어떨까. 어떤 표정을 짓는지, 특별히 어떤 말에 반응하는지, 어떨 때 말투가 달라지는지 모르는 사람 대하듯 호기심 가득한 눈으로 바라보는 것이다. 그동안 안 보이던 것들을 새롭게 발견할 수 있지 않을까?

늘 반복해서 해 오던 일도 다 안다고 생각하는 순간, 실수가 나오는 법이다. 사람도 다 안다고 생각하는 순간에 멀어지기 마련이다. 내가 아는 건 '충분히' 아는 게 아닐 수 있다.

알려 주지 않으면
영영 모르는 사람도 있다

동네 놀이터를 지나는데 한 아이가 바닥에 넘어져 있
었다. 아이들끼리 하는 말이 귀에 들어왔다.

"자전거로 킥보드를 치면 어떡해? 이거 되게 위험한
거야. 넘어지면 엄청 아프단 말이야."

"맞아. 그거 엄청 아파. 나도 넘어져 봤어."

"알았어. 미안해. 내가 잡아 줄게."

"앞으로 그러지 마."

"응!"

역시 아이들다웠다. 부딪친 아이는 손을 내밀었고 넘

어진 아이도 손을 잡고 일어서서 옷을 툴툴 털었다. 그러고는 "야! 우리 저쪽으로 한번 가보자." "그래." 하면서 마치 아무 일도 없었다는 듯이 다시 어울려 놀기 시작했다. 그 순간 아이들에게는 이렇게 간단한 대화가 어른들의 세계에서는 왜 그렇게 힘이 드는 걸까 생각이 들었다. 분명 내가 상처를 받았건만 "나 상처받았어. 네가 잘못한 거야. 앞으로는 그러지 마!"라는 말이 잘 나오지 않는다. 혼자 씩씩대는 게 전부이다.

키가 크고 마른 남자 상사가 있었다. 그리고 키가 크고 마른 여자 동료가 있었다. 남자 상사는 여자 동료를 볼 때마다 말했다. "내가 그쪽보다는 낫지 않아? 그치?" 뜬금없는 말에 어리둥절해하던 여자 동료가 반사적으로 대답을 했다. "네?" 남자 상사는 약간은 답답하다는 듯이 "나 요새 어깨도 좀 넓어지고 근육도 붙은 것 같지 않아? 내가 요즘 수영을 하잖아." 힐끗 바라봤지만 도대체 어디에 근육이 붙었다는 건지 알 수 없었다. 여자 동료도 대답했다. "글쎄요." 남자 상사는 아랑곳하지 않고 계속 말을 이어 갔다. "수영이 좋아. 매일 수영을 하니까 하루가 다르게 몸이 좋아져. 내가 봐도 좀 괜찮다니까." 같이 있던 사람들의 표정은 다 비슷했다. 속마음도 비슷했으리라. 여자 동료는 딱히 말이 없었다(말을 섞고 싶지 않았겠지). 그런데 그 순간 남자 상사가 분위기 파악을 못하고 한마디를 보탰다.

"거긴 볼품이 없잖아."

옆에서 듣기만 하는데도 불쾌했다. 아주 제대로 선을 넘는구나 싶었다. 여자 동료의 반응을 살폈다. 살짝 기분이 상한 듯 보였지만 별말은 없었다. 당사자가 가만히 있으니 나도 그냥 듣는 수밖에 없었다. 이 남자 상사의 말은 날이 갈수록 정도가 심해졌다. 하루는 어디에 있다는 건지 도대체 알 수 없는 근육 자랑을 또 하기 시작했다. "나 근육 좀 늘어난 거 같지 않아?" 다들 시큰둥하게 대답했다. "잘 모르겠는데요." 남자 상사는 기분이 상했는지 갑자기 화살을 예의 여자 동료에게로 돌렸다. "운동은 해?" 여자 동료는 귀찮다는 듯이 대답했다. "필라테스해요." 그런 운동은 하나 마나라며 또 수영 이야기를 꺼냈다. 그러더니 마지막에 또 한마디를 던졌다.

"그쪽은 날이 갈수록 더 막대기가 되어 가는 것 같아."

이 사람이 미쳤나 싶었다. 내 일이 아님에도 불구하고 한마디 하고 싶었지만 막상 입이 떨어지지 않았다. 당사자도 얼굴만 빨개졌을 뿐 아무 말이 없었다. 자리에 돌아와서야 그녀는 씩씩거리면서 참았던 말을 쏟아 내기 시작했다. "제정신이야?" "미친 거 아냐?" "뭘 잘못 먹었나."

이 상사는 회사를 나갈 때까지 이런 혼자만 즐거운 대화를 끊임없이 시도했다.

또 한 상사가 있었다. 그는 회사 임원의 친인척이었다. 누가 봐도 그냥 자리 하나 마련해 줬구나라는 걸 알 수 있었다. 아르바이트생이나 학교를 갓 졸업한 뭣 모르는 신입이나 할 만한 일을 몇 년째 담당하고 있었다. 딱히 달리 할 수 있는 일도 없었다. 못마땅했지만 한편으로는 안쓰럽기도 했다. '저 나이에 할 줄 아는 것도 없고 여기서 저거라도 해야지 어쩌겠어.'라는 마음에서였다. 다른 사람들도 비슷한 생각을 갖고 있지 않았을까 한다.

사람들의 이런 마음을 아는지 모르는지 그 상사는 마치 이 회사가 자기 회사라도 되는 것처럼 행동했다. 본인 업무를 제대로 하지 않아 다른 직원들에게 피해를 주기 일쑤였고, 일이 많을 때는 너무나도 당당하게 다른 어린 직원에게 넘기기도 했다. 제일 거슬리는 행동은 외부 업체 직원들에게 폭언에 가까운 막말을 하는 것이었다. 특히 상대가 어리면 어릴수록 더 심했다. 별일도 아닌 걸로 트집을 잡고 태도까지 문제 삼았다. 이 따위로 일할 거면 하지 마라, 업체를 바꾸겠다는 식의 엄포를 놓은 일도 적지 않았다. 보고 있기가 민망할 정도였다. 그렇지만 다들 못 본 척 지나치거나 자기 일에만 집중을 했다. 당장 내 일도 바쁜데 그런 일에까지 신경 쓰고 싶지 않았기 때문이다. 사람들은 최대한 그 상사와 부딪히지 않으려고 애썼고 그저 퇴사할 날만 손꼽아 기다렸다. 그런 날이 올지는 알 수 없는 채로.

피트니스 센터에서 운동을 하던 어느 날이었다. 평소

에 나는 운동을 하면서 이어폰을 끼고 유튜브 강의를 듣는다. 그날도 이어폰을 낀 채로 러닝 머신에 올라 핸드폰으로 영상을 보기 시작했다. 그날따라 소리가 이상하게 작게 들려서 볼륨을 계속 높였다. 볼륨을 최대로 높였지만 평소보다 소리가 작았다. 보는 영상마다 소리가 작아 이상하고 답답했지만 피트니스 센터 안이 워낙 시끄러워서 그런 거라 생각했다.

그렇게 한참을 러닝 머신 위에 있다가 내려와 다른 기구에 앉았을 때였다. 블루투스 이어폰이 핸드폰에 연결되어 있지 않은 걸 발견했다. 이어폰이 아닌 핸드폰에서 나오는 소리를 그대로 들었던 거다. 이어폰으로 귀를 막고 있는 상황에서도 들릴 정도였으니 그 소리가 얼마가 컸을까. 뒤늦게 창피함이 밀려왔다. 얼굴이 화끈거렸다. 러닝 머신에서 40분이나 있었는데 전혀 알아차리지 못하다니 나도 어지간히 둔하다 생각했다. 또 한편으로는 왜 아무도 말해 주지 않았을까 싶었다. 꽤 거슬리고 불편했을 텐데. 내가 말 걸기 겁나는 체격을 가진 것도 아니고, 인상이 험악한 편도 아닌 것 같은데 참 의아했다.

갑자기 회사의 두 상사가 생각났다. 그들도 혹시 이런 경우는 아니었을까? 무례한 행동을 하고 있고, 주위에 엄청난 민폐를 끼치고 있지만 아무도 말해 주는 이가 없으니 정작 본인은 모르고 있었던 게 아닐까? 누군가에게 계속 상처를 주고 있지만 아프다는 사람이 없으니 전혀 눈치채지 못했던 것은 아닐까? 처음 핸드폰이 나왔을 때 아빠는 밖에서 통화를 할 때면 목소리가 엄청 컸다. 그럴 때마다 창피함은 가족들의 몫이었다. 우리는 목소리를 낮추라고 여러 차례 이야기해야만 했다. 처음에는 뭐 어떠냐며 우리가 하는 말에 크게 신경 쓰지 않던 아빠였지만 그것이 민폐임을 반복해서 이야기하자 조금씩 신경을 쓰기 시작했다. 나중에는 아주 많이 좋아졌다.

알려 줬어야 했다. 무례하다는 걸, 민폐라는 걸. 사실 그걸 모른다는 것부터 썩 이해가 되는 상황은 아니지만 모르는 걸 어쩌겠나. 그렇다면 적어도 내가 불편하다 혹은 마음 상한 누군가가 있다는 사실 정도는 알려 줘야 하지 않을까? 이해를 하느냐 못하느냐, 태도를 바꾸느냐

마느냐는 그 다음 문제이고 일단은 알려 줘야 한다. 이런 것까지 알려 줘야 해? 싶겠지만 의외로 알려 줘야 아는 사람들이 주변엔 꽤 많다. 이들은 보통 자기 때문에 아팠다는 사람들을 보면 이렇게 이야기한다. "말을 하지 그랬어. 난 생각도 못했네." 이런 말을 들으면 더 열불이 나지만 무지한 자를 방치한 나에게도 어느 정도는 책임이 있다. 놀이터에서의 아이들처럼 "그거 엄청 아픈 거야. 다음에는 그러지마."라고 알려 주자. 아무도 알려 주지 않으면 영영 모른다.

타인은
신조어처럼

얼마 전 카페에 앉아 있는데 옆 테이블에서 엄마들끼리 하는 얘기가 들려왔다. "요즘 애들은 말을 왜 그렇게 줄여 써?"

"그니까. 한글을 있는 그대로 써야지, 왜 그러는지 몰라."

"난 '쌤' '생파' '버카' 이런 것도 정말 싫더라."

처음에는 듣고 싶지 않아도 들려오는 대화가 귀에 거슬렸는데 어느새 나도 모르게 집중해서 듣고 있었다. 나역시 고개를 끄덕이고 있었다. 그러다 '쌤'이라는 말에서 그건 아니지 싶었다. 쌤, 생파, 버카가 언제 적 말인데….

회사에서 한참 어린 후배들과 대화를 하다 보면 종종 못 알아듣는 말이 있었다. 그럴 때는 대충 앞뒤 상황을 봐서 유추를 하곤 했다. 대개는 얼추 맞았다. 몇 년 전 '급식체'가 나왔을 때는 감으로도 도통 알아들을 수가 없었다. 아이에게 하나하나 설명을 듣고 나서도 여전히 "그게 뭐야?"를 외쳤던 기억이 있다. 이제는 이 급식체마저도 신조어라 하기엔 무안할 정도의 시절이 되었다. '인싸' '현타' 'TMI' 'JMT' '존버' 등등(이것들도 벌써 오래된 느낌이다), 신조어가 나올 때마다 그 뜻을 알기 위해 검색창에 단어를 입력하다 보면 문득 이젠 이런 것도 공부해야 하나 싶다.

신조어는 적당한 때에, 가끔 사용하면 센스 있어 보이고 시대에 뒤처지지 않는다는 느낌을 준다. 그렇지만 너무 자주 쓰면 오히려 나이에 비해 가볍게 보이는 역효과가 날 수도 있다. 특히 비속어일 때는 품위도 떨어져 보인다. 때로는 너무 애쓰는 듯해 안쓰러워 보이기도 한다(이게 제일 안타까운 경우이다). 그렇게 보이는 게 싫어 나는 신조어를 잘 사용하지 않는 편이다. 내게 신조어는 알아는 듣고 가끔 쓰기도 하지만 내 것은 아닌 것, 딱 그 정도이다.

문득 타인도 신조어와 같다는 생각이 들었다. 이해하지 못하더라도 존재 자체를 부정할 수는 없다. 마음에 들지 않더라도 내가 변화시킬 수는 없다. 원래부터 내 것인 양 거침없이 휘두르면 부작용이 생긴다. 가끔 사용해야 센스 있다는 말을 듣는다. 어느 정도 수용하지 않으면 소통하기 어렵다. 반짝 인기를 끄는 것도 있지만 크게 공감하지 못하면 쉽게 잊힌다.

신조어를 대하는 마음으로 타인을 대해 보면 어떨까? 신조어처럼 적절한 선을 유지하면서 말이다.

차선 이탈
경보 시스템

요즘 자동차에는 차선을 이탈하면 경보음이 울리는 '차선 이탈 경보 시스템'이 설치되어 있다. 제자리로 복귀시키는 차선 이탈 복귀 시스템도 등장했다. 이런 시스템을 사람에게도 장착할 수 있다면 얼마나 좋을까.

가끔 자기 멋대로 선을 넘나드는 사람들이 있다. 이런 사람과 오래 마주하고 있으면 피로감이 몰려온다. 언제 선을 넘을지 몰라 늘 긴장하고 있어야 한다. 그러다 선을 넘어오면 그때부터는 바로 알려 줘야 하나 제자리를 찾을 때까지 기다려 봐야 하나 고심하게 된다. 머리가 지끈지끈하다. 바로 알려 주면 예민하다 할 것이고 참고 기다리자니 내 속이 터질 것 같다. 이런 사람들은 대부분 자기가 선을 넘은지도 모르기 때문에 제자리로 잘 돌아가지도 않는다. "우리 사이에 무슨…" "가족끼리 무슨…"이라며 애초에 선이라는 게 존재하지 않는다고 생각하는 사람들도 많다. 하지만 개개인마다 자신만의 영역이 있고, 지켜야 할 선은 분명히 있다. 더 세세하게 따지자면 그어진 선의 폭도 제각각이다. 우리끼리는 선 긋지 말자, 친해졌으니 선 따윈 없애자고 하는 순간부터 문제가 발생한다.

상대방이 선을 넘어왔을 땐 나는 내 나름의 신호를 보낸다. "음, 그건 좀."이라던가 "글쎄, 그런가?"라던가. 둘 다 너의 말을 받아들이지 못하겠다는 뜻이 숨어 있다. 그래도 잘 알아차리지 못할 때는 최대한 의사 표시를 하려 노력한다. "난 이게 좋은데." 혹은 "그건 좀 아닌 것 같은데?" 가끔은 내 상식의 선을 훌쩍 넘어선 상황에 한

해 대꾸를 안 하는 편을 택하기도 한다. 내가 계속 보내는 이 신호를 감지하지 못하거나 보고도 무시하는 경우는 어쩔 수 없이 멀리할 수밖에 없다. 그런 사람과 계속 같이 있다 보면 내 영역을 지켜내는 데에 너무 많은 에너지를 쏟게 된다. 손해가 너무 크다. 그런 관계는 오래 유지하기 어렵다.

선을 넘어왔을 때는 우선 경보음을 울려야 한다. 운전 중 차선을 넘어오는 차에 경적을 울려주듯 말이다. 그렇지 않으면 자칫 큰 사고로 이어질 수 있다. 내가 계속 신호를 보내고 있음을 알게 해야 한다. 내 신호에 어떻게 반응하느냐는 상대방의 몫이다. 상대방의 반응에 따라 나는 다음 행동을 결정하면 된다. 반대로 나 역시 상대방이 보내오는 신호를 잘 살펴야 한다. 신호는 도로 위에만 있는 것이 아니다. 사람과 사람 사이에도 존재한다. 서로의 신호가 존중되고 잘 지켜질 때 원활한 관계가 유지된다. 신호에 신경 쓰자. 내가 보내는 신호가 상대방이 알아차릴 만한 신호인지, 상대가 내 신호를 알아차렸는지, 또 내가 미처 감지하지 못하고 있는 신호는 없는지 꼼꼼히 살피자. 신호만 잘 신경 써도 큰 사고로 이어지는 일은 줄어든다.

내게 맞는 삶을 찾아 나선 나를 위하여

당당하기

근거 없는 자신감이면
충분합니다

　내 이름은 '김자옥'이다. 내 이름이 김자옥으로 지어진 건 내 의지와는 전혀 상관없는 일이었지만 그 때문에 나는 늘 자신감을 잃지 않기 위해 싸워야 했다. 마흔이 넘은 지금까지도 내 이름이 호명되었을 때 큰 소리로 "네."하고 대답하지 못하는 걸 보면 이 싸움은 여전히 진행 중인 것 같다.

　초등학교 저학년 때까지는 선생님들이 출석부를 보고 "자옥이, 유명한 탤런트랑 이름이 같네?"라면서 나를 한 번 더 바라봐 주는 게 좋았다. 다른 친구들보다 관심을 더 받는 것 같고, 더 사랑받는 기분이었다. 그러다 차츰 내 이름이 거슬리기 시작했다. 선생님들이 내 이름 대신 "탤런트!"라고 부르는 것도 싫었고, 친구들의 장난도 싫었다. 그렇지만 '싫다'는 말은 꺼내지 못했다. 그 말을 하는 게 더 부끄러운 일 같았다.

그나마 초등학생 때는 부끄러움과 놀림만 참으면 되었지만, 문제는 중학생 때부터였다. 출석부를 보는 선생님마다 "어! 이 반에 탤런트가 있네? 탤런트가 발표해 볼까?"라고 시키는 통에 매일 아침마다 '오늘은 제발 나를 안 시키기를' 하고 기도했던 것 같다. 가뜩이나 소심한데 매번 발표를 해야 하니 죽을 맛이었다. '제발 번호대로 시켜라'를 수업 시간마다 주문같이 외워 봤지만 내 주문은 그다지 효과가 없었다. 매일 어김없이 "어! 이 반에 탤런트가 있네? 탤런트가 발표해 볼까?"를 반복하는, 눈치라고는 눈곱만큼도 없는 선생님이 꼭 한 명씩은 있었다.

대학생이 되자 내 이름을 작게 불러주길 바라는 마음은 더 간절해졌다. 수강생이 100명쯤 들어차 있는 교

양 수업 시간이면 '작게 불러도 찰떡같이 알아들을 테니 교수님이시여 제발……' 하고 속으로 주문을 되뇌었지만 여지없이 교수님들은 우렁차게 내 이름을 불렀고, 그 많은 학생들은 한 번씩 내 얼굴을 확인했다. 아무도 소리 내어 뭐라 하지는 않았지만 내 귀에는 어디선가 쑥덕거리는 소리, 킥킥거리는 소리가 들리는 듯했다.

티끌 하나 없는 백옥 같은 피부에 작고 귀여운 얼굴, 동글동글한 선한 눈매, 항상 미소를 머금은 듯한 온화한 인상의 탤런트 김자옥. 그에 반해 까만 피부에 각진 얼굴, 올라간 눈매, 무표정하면서 조금은 화난 듯한 인상을 가진 나. 지금 생각해 보니 초등학교 때 선생님들이 나를 예뻐해 주었던 것은 순전히 이름 탓이었나 보다. 가끔 내 이름을 듣고는 "김자옥이라고? 안 예쁜데?"라며 농담 같지도 않은 농담을 던지는 사람들도 있었다. 세상에는 무례한 사람들이 많다는 걸 꽤 일찌감치 깨달았다.

친구들은 내 이름의 한자가 뭐냐고 종종 물었다. 뜻이 궁금했던 모양이다. 뭔가 대단한 뜻이라도 있는 줄 알

5장 | 당당하기

았나 보다. 나도 그러길 바랐지만 내 이름의 한자는 아들 자에 구슬 옥이다. 뜻을 아무리 찾아보려 해도 찾을 수 가 없었다. 언젠가 부모님에게 왜 내 이름을 이렇게 지었 냐고 물어봤다. 부모님은 약간 멋쩍은 듯 "그때 탤런트 김자옥이 한창 유명했거든. 너도 유명해지라고 그렇게 지었지." 라고 하는 게 아닌가. 이게 무슨 소리인지…. 차 라리 무슨 뜻이라도 있고 뜻에 맞춰 짓다 보니 우연히 같 은 이름이 된 거라면 아쉬운 대로 이해라도 해 보겠지만 이건 그냥 성의 없이 지은 걸로밖에 안 보였다. 물론 부모 님은 아니라고 하겠지만.

가끔 아주 평범하거나 좀 옛날식의 이름을 가진 친 구들이 이름이 마음에 안 든다며 왜 이렇게 지었는지 모 르겠다고 내 앞에서 하소연을 할 때면 나는 늘 이렇게 대 답했다. "그래도 자옥이보다는 낫지 않냐?" 그럴 때마다 친구들은 아무 대답이 없었다. 아… 그게 더 싫다.

이름만큼이나 나를 작게 만드는 것은 성격 콤플렉스

였다. 어려서부터 부모님은 나를 걱정스런 눈빛으로 바라보며 말씀하셨다. "너무 내성적이라 큰일이야." "애가 활발하지를 못해." "저렇게 숫기가 없어서야 원…" 게다가 나는 운동에도 소질이 없었던 터라 부모님의 걱정은 늘어만 갔다. "운동 신경이 저렇게 없어서 어떡해." 자라면서 줄곧 나에게 큰 결함이라도 있는 줄 알았다. 어딘가 모자라게 태어난 것만 같았다. 점점 나 스스로도 많은 한계를 두게 되었다. '나는 이런 거는 못 해.'라고.

이런 나를 보고 남편은 가끔 답답해할 때가 있었다. 내가 뭔가를 못한다고 할 때마다 남편은 말했다. "못하는 게 어딨어. 안 하는 거지." 남편은 못 한다는 내 말을 무시한 채 계속해서 이것저것 시도해 보기를 권유했다. 굳이 안 하겠다는 나에게 "일단 한번 해 봐. 해 보고 얘기해."라며 억지로 일으켜 세웠다. 여행지에 가서도 체험하는 활동 같은 게 있으면 남편은 일단 '해 보자'는 쪽이었고, 나는 무조건 '안 한다'라며 한참 실랑이를 벌이곤 했다. 늘 남편의 승리로 끝이 났고 나는 무거운 발걸음으로 남편을 따라나섰다.

체험이 끝난 뒤에 남편은 항상 이렇게 말했다. "거 봐, 잘하잖아. 왜 해 보지도 않고 못 한다고 그래." 이런 식으로 남편과 함께 하나씩 '해 보기'를 늘려 갔다. 같이 할 수 있는 취미도 찾아보고, 안 해 봤던 운동도 해 봤다. 남편 말대로 일단 해 보니 할 수 있겠다는 생각이 조금씩 들기 시작했다. 그리고 어떤 것은 의외로 잘하는 것도 있었다. 남편도 놀라고 나도 놀랐다. "소질 있는 거 아냐?" 하면서.

새로운 것들에 도전하고 경험하면서 지금까지 알고 있던 내 모습을 다시 한번 곰곰이 생각해 보았다. '내성적이고 숫기가 없는' 내 모습이 진짜 내 모습일까? 이건 단지 부모님의 시선으로 바라본 나의 모습인 건 아닐까? 내성적인 성격이면 좀 어떤가. 모든 사람이 다 활발할 필요는 없다. 운동 신경 역시 조금 없어도 괜찮다. 내가 운동선수가 될 건 아니니까. 이렇게 생각하자 내가 '어딘가 결함 있는 사람'에서 '지극히 평범한 사람'으로 보이기 시작했다.

　'근자감'이라는 말이 있다. 근거 없는 자신감이라는 뜻이지만 자신감에 굳이 근거가 있어야 하나 싶다. 자신감, 거창할 게 뭐 있나? 내가 문제 삼지 않는 것, 내가 괜찮다고 여기는 것이 자신감 아닐까? 내성적인 성격, 없는 운동 신경, 내 이름, 내가 괜찮다는데 누가 뭐라고 할 것인가. 이제 '김자옥'이라고 불리면 큰 소리로 당당하게 대답하리라.

나를 피곤하게
하는 말들

　회사에서 혼자 점심을 먹으며 영어 공부를 하거나, 관심 있는 유튜브 영상을 보거나, 책을 읽을 때면 종종 나를 이상한 시선으로 바라보는 사람들이 있었다. 그들이 어김없이 내게 던지는 질문은 "뭘 그렇게 열심히 해요."였다. 일과 육아에 치여 숨 돌릴 겨를 없이 지내던 내게 짧고도 사소한 그 시간은 너무 소중했지만 다들 잘 이해를 못하는 듯했다. 때론 "다른 사람들하고 좀 어울리고 그래."라며 무책임한 충고를 해 대는 사람도 있었다. 그거 오지랖이라고, 불필요한 참견이라고 조목조목 따지고 싶은 마음도 들었지만 이내 포기하고는 알겠다고 했다. 굳이 내 에너지를 쏟아 가며 이 시간이 얼마나 소중하고 행복한지 설명하느라 시간을 뺏기고 싶지 않았다.

퇴사 후에는 새로운 것을 배워 보기도 하고, 이런저런 강의를 찾아 들으러 다녔다. 남편은 이런 나에게 "아니 회사를 그만뒀는데 왜 전보다 더 바빠?"라며 핀잔을 주었다. 친정 엄마는 뭘 그렇게 하고 다니느냐며 이젠 집에서 편하게 살림이나 하라고 했다. 아무래도 남편과 엄마는 내가 이해가 안 되는 모양이었다. 이것저것 배워 보려 한다고는 했지만 자세히 설명하기가 어려웠다. 나도 아직 정리되지 않은 생각을 설명하기도 복잡했고 어디서부터 이야기를 해야 하나 싶기도 했다. 한편으로는 이걸 굳이 설명해야 하나? 싶은 생각도 들었다.

종종 나를 피곤하게 하는 말들이 있다.
"다 그렇게 사는데 넌 왜 그래?"
"원래 이렇게 하는 거야."

"넌 좀 특이하다."

그럴 때마다 다 그렇게 살면 나도 그렇게 살아야 하는 건지, 그게 정답이라고 어떻게 확신하는지, 내가 특이한 게 아니고 너의 이해력이 부족한 건 아닌지 묻고 싶어진다.

학교 다닐 때 이해하지 못한 시험 문제가 있으면 문제가 이상하다며 문제 탓을 했던 기억이 있다. 실제로 문제에 문제가 있던 경우는 극히 드물었다. 사람들은 자신이 모르는 문제와 맞닥뜨릴 때 문제가 틀렸을 거라 생각하는 경향이 있다. 그렇지만 문제는 직접 나서서 자신을 설명하는 법이 없다. 나도 나서서 나를 설명하지 않으려 한다. 정 궁금하면 직접 풀어 보던가.

기가 세다는 말 뒤에
감춰진 것

어려서부터 여러 사람들과 같이 있으면 내가 작아지는 기분이 들었다. 왠지 오면 안 되는 자리에라도 온 것처럼 마음이 불편하고 어색했다. 대화에 잘 끼지도 못했을 뿐만 아니라 의사 표현도 제대로 하지 못했다. 점점 목소리가 작아졌다. "뭐라고? 잘 안 들리는데?"라는 말은 나를 더 작게 만들었다. 어른들 앞에 있을 때는 특히 더 그랬다. 쑥스러움이었는지 두려움이었는지는 모르겠지만 나도 모르게 몸이 움츠러들었다. 어른 앞에서도 밝고 당당한 친구들을 보면 그렇게 부러울 수가 없었다. 그런 친구들과 비교하면 내 모습이 너무나도 초라해 보였다. 능력을 떠나, 보이는 모습만으로도 마이너스가 되겠다 싶었다. 그때부터 마음속으로 '당당해지자'를 외치기 시작했다. 나만의 주문을 외웠다. '난 잘못한 게 없다.' '난 기죽을 필요가 없다.' '난 당당하지 않을 이유가 없다.'

지금도 이 주문은 계속되고 있다. 지금도 여전히 이유도 없이 소심해지고, 작아질 때가 있다. 그럴 때마다 나에게 묻는다.

'너 잘못한 거 있어? 왜 기가 죽어?'

그러면서 다시 바짝 정신을 차린다.

이런 노력은 가끔 스스로도 감당 못할 만큼의 당당함으로 발현돼, 놀랄 정도의 힘을 발휘할 때가 있다.

회사 상사와의 의사소통 과정에서 문제가 생긴 적이 있었다. 분명 보고를 올렸는데 상사는 못 받았다는 것이다. 확인해 보니 중간에서 누락이 되었다. 상사에게 중간에서 누락이 되어 다시 전달했으니 확인을 부탁한다고 말했다. 그런데 상사는 다짜고짜 내게 화를 냈다. 일을 왜 번거롭게 하냐는 것이었다. 분명 상황을 설명했고, 처음에 올린 보고 날짜까지 확인시켜 줬다. 화를 낼 거면 누락시킨 사람에게 내야지 나에게 화를 낼 일인가 싶었다. 마음이 불편하고 불쾌했다. 다시 설명했다. 상사는 더 화를 냈다. 잠시 이성을 잃은 듯했다. 듣고 있자니 막무가내식의 분풀이라는 생각이 들었다. 그날 쌓인 스트레스를 나에게 다 풀어 버리겠다는 의도가 느껴졌다.

"제가 정확히 어떤 걸 잘못했나요?"

나는 침착하게 물었다. 상사는 적잖이 당황한 듯 보였다. 잠시 대답이 없더니 어디서 말대꾸냐, 그 태도는 뭐냐 라는 식의 꼰대 중에 꼰대나 할 법한 말들을 늘어놓기 시작했다. 나는 다시 차근차근 일의 자초지종을 설명했고, 내가 한 처리에 대해서도 설명했다. 상사는 그런 내 모습이 더 마음에 들지 않았는지 한마디 했다.

"넌 뭐가 그렇게 당당해?"

"제가 당당하지 못할 이유가 뭔가요?"

생각할 틈도 없이 대답이 나와 버렸다. 나도 놀랐다. 상사는 더 놀랐다. 뭐 이런 게 있나 하는 표정으로 나를 바라봤다. 그러더니 한숨만 쉬어 댔다. 한참을 멍하니 있더니 생각을 정리한 듯 말을 이었다.

"내가 요즘 집에 신경 쓸 일이 많아 예민해졌나 보네. 미안해."

이번엔 오히려 내가 당황했다.

이 사건 이후로 그 상사는 나에게 더 이상 함부로 하지 않았다.

아이에게도 늘 해 주는 말이 있다. 어른이라고 다 맞는 것은 아니니 네 생각을 정확히 표현할 줄 알아야 한다고. 대신 예의는 갖춰서. 어딘가 이상하다고 생각되는 것은 다시 물어서 확인하라고 한다. 그리고 아이는 가끔 가르쳐 준 대로 내게 이렇게 묻곤 한다.

"엄마, 엄마는 지금 숙제가 더 중요하다고 하는데 왜 그렇게 생각해요? 난 아닌 것 같은데?"

"그래? 넌 그럼 지금 뭐가 중요한 거 같은데?

"숙제는 내가 내일 학교 가서 쉬는 시간에 해도 되니까, 지금은 노는 게 더 중요한 거 같아요. 오늘 하나도 못

놀았단 말이에요."

"아니, 숙제를 먼저 해야지."

"제 생각을 얘기하는 거예요. 엄마가 생각을 정확히 얘기하라고 했잖아요."

이건 내가 감당해야 할 몫이겠지만….

당당하지 못할 이유가 뭐가 있나? 마음껏 당당해지자. 혹시 나의 당당함을 받아들이지 못하는 사람이 있다면 그건 그 사람의 문제이다. 당당함을 가끔 '기가 세다'는 말로 폄하하는 사람들도 있다. 그건 그 사람의 열등감에서 비롯된 것이다. 자신보다 우월해 보이는 것이 못마땅해서 기가 세다는 말로 기를 눌러 보려는 얕은 수법이다. 내 기가 센 것이 아니라 그의 기가 약한 것이다. 본인의 자존감이 낮기 때문에 남의 자존감에 흠집을 내려는 못난 마음에서 비롯된 것이니 신경 쓰지 않아도 된다.

개소리는
개소리로 듣자

대학 졸업을 앞두고 취업 준비를 할 때였다. 가까운 친척 중 한 명이 취업 준비는 하고 있냐고 물었다. 나는 알아보는 중이라고 대답했지만 어이없는 한마디가 돌아왔다. "요즘은 개나 소나 다 일본어는 하지 않냐?" 일본어 전공자인 나에게 무슨 의도로 그런 소리를 하는지 알수가 없었다(실은 알고 싶지도 않았다). 짜증이 확 치밀어 올랐다. 그도 어설프게나마 일본어를 공부한 적이 있었기에 '그럼 너도 그 개나 소 중 하나겠네?'라고 말하고 싶었지만 차마 입 밖으로 내진 못했다. 말할 용기도 없었지만 발끈하는 모습을 보이고 싶지 않았다. 그게 더 자존심이 상할 것 같았다. 대신 두고두고 곱씹었다. 아주 오랫동안 마음속에 담아 두었다.

그 후로 십몇 년이 지나 회사에서는 어느 정도 자리를 잡았고, 아이도 자기 스스로 알아서 할 수 있을 만큼 컸다. 아이를 맡기고 직장에 나가던 나를 탐탁지 않게 바라보던 사람들도 이젠 나를 부러워했다. 내가 하는 일에 대해서도 궁금해했다. 그중에는 예전의 그 친척도 포함되어 있었다. 주로 어떤 걸 번역하는지, 회사 규모는 얼마나 되는지, 일은 힘들지 않은지 같은 질문들이었다. 나는 스트레스를 많이 받긴 하지만 나름 재미있다고 대답했다.

이런 대화가 몇 번인가 오갈 때쯤 문득 예전 생각이 났다. 나는 그 친척에게 물었다. "예전에 일본어 공부 좀 했잖아. 아직도 해?" 그는 공부 안 한 지 오래됐다며 이젠 다 잊어버렸다고 했다. 나는 그에게 물었다. "그래? 옛날에 나한테는 일본어는 개나 소나 다 하는 거라고 했었는데 아닌가 보네?" 그는 당황한 듯 말했다. "내가 그랬어?" 나는 대답했다. "응. 그랬어. 그때 좀 많이 짜증 났었어." 그는 멋쩍은 듯 아무 말이 없었다.

　전 회사에서 일에 치여 다 죽어 가는 직원들을 앞에 두고 이런 말을 하는 상사가 있었다. "지금까지 뭐 하다 이걸 이제 시작해." "일할 생각은 안 하고 놀 생각만 하니까 일이 많게 느껴지지(팀 내에서 제일 한가한 사람이 그였다)." 지인 중 한 명은 팀장 때문에 회사가 힘들다고 했다. 팀장은 일이 잘못되기만 하면 부하 직원 탓을 하며 "니들 나 엿 먹으라고 일부러 그러는 거지?"라는 말을 입버릇처럼 달고 산다고 했다. 예전에 한 친구는 선배에게 "내가 마음만 먹으면 너 이 업계에 다시는 발 못 붙이게 할 수도 있어."라는 협박에 가까운 말을 들었다고 했다. 처음엔 그 말이 큰 위협처럼 느껴졌는데 냉정히 생각해 보니 그 선배는 그럴 수 있을 만큼 대단한 사람도, 그렇다고 업계에서 큰 영향력이 있는 사람도 아니었단다. 내가 아직 돌도 지나지 않은 아이를 맡기고 일을 다시 시작했을 때 어떤 사람은 내게 이런 말을 했다. "너 애 키우기 싫으니까 회사 나가는 거잖아. 애는 엄마가 봐야지."

방송인 사유리는 토크 쇼에서 다음과 같은 말을 했다. "나는 존경할 만한 사람이 하는 훈수나 말은 새겨듣지만, 그렇지 않은 오지랖은 개소리라고 생각하고 한 귀로 흘린다." 개소리는 개소리로 들어야 한다. 사람들은 개가 짖는 소리에 상처받고, 말대꾸하고, 억울해하지 않는다. 그냥 개가 짖나 보다 한다. 과거의 나처럼 마음에 새겨 두고 오래오래 곱씹을 필요도 없다. 누가 개소리를 마음에 새겨 두나. 또, 개를 사람으로 만들겠다는 생각도 하지 않는다. 개는 그냥 개다. 개를 사람으로 만들겠다고 하면 정말로 지나가던 개가 웃을지도 모른다. 개소리는 그냥 개소리로 흘려들어야 한다.

설명이 필요하지
않은 일

　〈삼시세끼〉라는 TV 프로그램을 즐겨봤다. 북적거리
는 도시에서 벗어나 한가한 시골 동네 풍경을 보는 것도
좋고, 특별할 것만 같은 톱스타들이 작디작은 집에서 보
통 사람들과 별다를 것 없이 지내는 모습도 왠지 정겹게
느껴졌다. 그들이 그럭저럭 하루를 보내는 모습을 보고
있으면 마음이 편해지고 마치 내가 거기 가 있는 것처럼
힐링이 되는 듯했다. 얼마 전에 끝난 산촌편에서는 배우
염정아, 윤세아, 박소담이 함께했다. 그간 남성 게스트들
로만 진행됐던 편과는 또 다른 매력이 있었다. 여성 게스

트들의 조합은 아기자기한 재미가 있어 좋았다.

1회부터 인상적이었다. 본격적인 산촌 생활에 들어가기에 앞서 제작진과 출연진들은 사전 모임을 가졌다. 이때 연출을 맡은 나영석 PD가 시골 집 옆에 닭장도 있으니 계란을 꺼내 먹어도 된다고 했다. 다들 반기는 가운데 박소담의 표정이 좋지 않았다. 그녀는 조심스럽게 조류 공포증이 있다는 얘기를 꺼냈다. 닭이나 비둘기의 깃털이 무섭다고 했다. 이때 주위 사람들의 반응이 내게는 인상적이었다. 아무도 그녀에게 "그게 왜?"라고 물어보지 않았다. 왜냐고 묻는 대신 먹을 수는 있냐고 걱정 어린 눈빛으로 물었다. 염정아는 내 친구 중에도 그런 사람이 있다며 그럴 수도 있다고 바로 수긍했다. 나중에 실제로 닭장에 들어갈 일이 생겼을 때 두 언니는 박소담에게 집에서 쉬고 있으라며 배려를 해 주었다.

누군가가 "난 이게 무서워." 혹은 "난 이게 싫어."라고 했을 때 사람들은 도통 이해할 수 없다는 표정으로 "그게 왜?"라며 설명을 요구한다. 그런데 정말 설명이 필요한 일일까? 싫다는데, 무섭다는데 더 이상 무슨 설명이 필요한 걸까. 이 순간에도 사람들은 판단하고 이해해 보려 한다. 그게 도대체 왜 싫다는 걸까 하면서. 이게 판단과 이해까지 나설 일인가 싶다. 그냥 받아들이면 될 일을.

나는 동물을 무서워한다. 그중에서도 특히 개가 무섭다. 또 이유를 묻고 싶은 사람들이 있을 것이다. 아니 그 귀여운 강아지가 왜? 하면서. 이유를 굳이 설명하자면 금방이라도 나를 물 것만 같다. 그리고 촉감이 싫다. 보기에는 예쁘고 풍성한 털로 덮여져 폭신해 보이지만 막상 안으면 앙상하고 조그마한 뼈가 느껴져서 싫다. 또 그게 왜 싫으냐고 물어보면 더 이상 답을 할 수가 없다. 몸이 그렇게 반응을 한다.

학창 시절 냉면을 못 먹는다는 친구, 냄새가 싫다며 오이를 골라내는 친구, 회를 싫어하는 친구가 있었다. 나는 그때 그랬다. "왜? 아니 이 맛있는 걸." 싫다는 걸 굳이 한 번만 먹어 보라고도 했다. 얼마나 곤혹스러웠을까 싶다. 늦었지만 반성한다.

왜 싫어하는지, 왜 무서워하는지, 왜 못 먹는지 따져 묻는 건 "개는 왜 짖어?" "너는 왜 김자옥이야?" 하고 묻는 것과도 같다. 그냥 그런 사람이라서 그런 것이다. 더 이상 이유가 필요할까?

서로 왜냐고 묻지 말자. 그냥 그렇구나 하고 존중하고 배려해 주자.

참견은 빵으로
날려 버려

　〈전지적 참견 시점〉, 〈연애의 참견〉 등 요즘 '참견'이라는 말이 들어간 TV 프로그램이 인기를 얻고 있다. 말 그대로 남의 인생을 지켜보면서 이래라 저래라, 이건 아니지 않냐, 도대체 왜 그랬냐는 등의 참견을 하는 프로그램이다. 패널들이 하는 참견을 듣고 있으면 어떨 때는 사이다처럼 속이 다 시원할 때도 있고, 나도 한마디 거들고 싶기까지 한다. 아마도 이런 시청자들의 반응을 노린 프로그램이 아닌가 싶다. 사람들은 그만큼 참견하기를 좋아한다.

참견을 당하는 당사자들의 반응은 다양하다. "지금까지 몰랐는데 제가 보기에도 좀 심하네요." "나름 괜찮다고 생각했는데 얘기 들어보니까 아닌가 보네요."라며 무안한 듯 참견을 겸허히 받아들이는 사람이 있는가 하면, "저건 저렇게 해 줘야 해요. 안 그러면 그 맛이 안나. 다들 뭘 잘 모르시네."라면서 역으로 참견을 날리는 사람도 있다. 이런 반응 또한 하나의 웃음 포인트가 되기도 한다.

실생활에서 참견은 TV에서만큼 유쾌하지는 않다. 참견을 하는 사람은 TV 속 패널만큼이나 속이 시원할지는 모르겠지만, 듣는 입장은 재미와는 거리가 멀다. 반복되는 참견은 괴롭기까지 하다. 내가 한동안 지겹게 들어야 했던 참견은 둘째에 관한 이야기였다. "둘째 안 가져?" 참견을 좋아하는 사람들은 사전 예고도 없다. 하나로 만족한다고 하면 어김없이 하나는 외로워서 못쓴다며 둘은 있어야 한다고 했다. 또 엄마한테는 딸 하나는 있어야 한단다. 돌봐 줄 사람도 없고 둘을 키울 능력이 안 된다고 해도 막무가내다. "키울 때는 좀 힘들어도 키워 놓으면 여럿이 있는 게 훨씬 좋아. 얼른 낳아." 딱히 할 만한 대답도 없고 그냥 웃고 있으면 자기 맘대로 결정을 한다. "올해 가져서 내년에 낳아. 더 늦으면 안 돼." 짜증이 올라왔다. 그래서 진지하게 물어 봤다. "낳으면 키워 주실래요? 비용은 많이 드릴게요." 이러면 대부분 조용해졌다. 그래도 간혹 만만치 않은 상대들이 있었다. "낳기만 하면 지들이 알아서 다 커. 일단 낳아." 알아서 크는 시대가 지난지가 언젠데 아직도 그런 말을 하냐고 한마디 하고 싶지만 더 이상 대응하지는 않았다. 이런 사람들은 대화를 하고 싶은 게 아니라 그냥 자기가 하고 싶은 말을 할 뿐이라는 걸 잘 알고 있었기 때문이다.

아이가 중학생 정도 되고 나니 둘째 얘기가 잠잠해졌다. 그래도 간혹 지치지도 않고 내게 상기시켜 주는 사람들이 있었다. "지금도 안 늦었어. 내가 아는 사람은 큰 애가 고등학생 때 둘째를 갖더라. 나이 먹어서 낳으면 그렇게 예뻐 죽는대."

'너나…'라고 속으로 조용히 외쳐 본다.

이제 간신히 둘째 이야기를 좀 벗어나나 싶었는데, 다른 참견이 시작됐다. 이번엔 살 좀 찌우란다. "나이 들어서 너무 마르면 보기 안 좋아." "나이 들수록 살 좀 쪄야 돼." 얼굴 살이 없어서 말라 보이는 것뿐이고, 게다가 난 나이 들어서 살찌는 건 싫다고 아무리 얘기를 해도 들으려 하지 않는다. 심지어 가까운 친척 하나는 종종 이렇게 말한다. "너 너무 없어 보여." 난 또 혼잣말을 한다. "네가 더…"

예전에 남편과 같이 보고 빵 터진 유튜브 영상이 하나 있다. 어느 유튜버가 자존감에 대한 이야기를 하던 중에 "언니는 어떻게 그렇게 자존감이 높을 수가 있어요? 비결이 뭐예요?"라는 질문에 다음과 같이 말했다.

"저도 명절 때 친척들 만나면 '결혼은 언제 할 거냐.' '남자친구는 있냐.' 이런 말들 많이 들어요. 근데 저는 전

5장 | 당당하기

혀 괴롭지 않아요. 왜냐하면 저는 그럴 때마다 그 사람들 얼굴을 빵이라고 생각하거든요. 그냥 '빵이 말을 하는구나.' 이렇게 생각해요. 그러면 그 사람들 말이 하나도 귀에 안 들어와요. 한번 해 보세요. 생각보다 되게 재밌어요."

이 영상은 꽤 유용했다. 종종 남편이 듣기 싫은 말을 하기 시작하면 이렇게 얘기했다. "어머! 빵도 말을 할 줄 아네!" 남편은 하던 말을 멈추고 웃음을 터트렸다. 둘이 한참 웃고는 다른 이야기로 자연스럽게 넘어갔다.

회사에서도 이 방법은 유용했다. 듣기 싫은 소리를 들어야 할 때는 슬그머니 빵을 떠올려 봤다. 이왕이면 상대에게 어울릴 법한 빵으로. 회사에는 빵이 참 많았다. 빼질빼질한 밤빵, 넙데데한 맘모스, 무미건조한 베이글, 너무 달아 금방 질리는 팥빵⋯.

어차피 사람들은 참견을 멈추지 않는다. 참견이 삶의

낙인 사람들도 있다. 어쩌면 TV 프로그램에서처럼 누군가의 당황하는 모습을 즐기는 사람이 있는지도 모르겠다.

그러니 내게 도움이 되지 않는 참견은 '빵'이라 생각하고, 달갑지 않은 참견에도 웃으며 "그래요."라고 대답하며, 쿨하게 날려 버리자.

기분 나쁘라고
하는 말이지?

말을 툭툭 내뱉는 사람들이 있다. 이들은 말을 할 때 깊게 생각하지 않는다. 실은 깊게 생각해서 일부러 그렇게 말을 하는 건지 헷갈리기도 한다. 생각할수록 기분이 나빠져 애써 신경 쓰지 않으려 해 보지만 그럴수록 더 신경이 쓰인다. 나를 무시해서 저러나? 나한테 섭섭한 게 있나? 나를 싫어하나? 삐졌나? 화가 난 건가? 혼자서 이런저런 생각을 하느라 내 일에 집중을 할 수가 없다. 하루 종일 혹은 며칠씩 마음이 무거울 때도 있다. 괜히 그 사람의 눈치를 보게 되고 만나더라도 뭔가 껄끄럽다.

마흔을 넘기고 나서부터는 이 모든 것들이 귀찮아졌다. 혼자 고심하는 것도, 혼자 눈치 보는 것도 지겨워졌다. 그러느라 쓰는 시간과 에너지가 아까웠다. 복잡한 생각은 그만하고 싶어졌다. 그래서 이젠 그냥 물어본다.

"너 원래 그런 거 잘 못하잖아."

"어! 지금 나 무시한 거야?"

"아니 그게 아니고……"

"아니면 됐고."

"뭐 하러 해? 어차피 하다 말 걸?"

"혹시 지금 일부러 내 의지 꺾으려는 거야?"

"아니 무슨 말을 또 그렇게 해."

"그렇지? 아니지? 오해해서 미안."

"하던 거나 잘해. 뭘 자꾸 다른 거 할 생각을 해."

"그거 나 기분 나쁘라고 하는 말이지?"

"에이 왜 그래."

"아닌 거지? 순간 기분 나쁠 뻔했네."

가끔은 자기 의견은 없으면서 내가 하는 말마다 반대를 하는 사람이 있다.

"이렇게 하는 건 어때?

"말도 안 되는 소리를 해. 그건 아니지."

"그런가? 그럼 이건 어때?"

"그럼 저건 어떻게 할 건데?"

그 사람에게는 다른 좋은 생각이 없다는 걸 잘 알고 있다. 알지만 물어본다.

"그럼 네 생각은 뭐야?"

주저리주저리 말은 꺼내지만 내 의견이 별로라는 거 말고는 자기 의견이 없다. 그래서 또 물어본다.

"특별한 건 없는 거지?"

때로는 상대가 기분 상할 만한 얘기를 해놓고 이렇게 뒷수습하는 사람도 있다.

"웃자고 하는 말이야. 뭘 정색까지 해."

나는 또 묻는다.

"어느 포인트에서 웃어야 되는 거야? 잘 모르겠는
걸?"

생각 없이 툭툭 내뱉은 말이니 내 쪽에서도 깊게 생
각할 필요는 없다. 궁금한 건 물어보자. 혼자 끙끙 앓아
도 답은 안 나온다. 숨은 의도까지 파악하느라 소중한
내 시간을 허비하지 말자. 그리고 여기서 중요한 건 아니
라고 하면 아닌 걸로 받아들이는 것. "에이, 아니긴 뭐가
아냐." 하면서 더 추궁하지 않는 것. 그의 마음을 알아내
는 것보다 나의 마음이 다치지 않는 게 더 중요하다.

뒷담화로부터
배울 점

전 회사의 팀 문화를 한 마디로 표현한다면 '뒷담화' 문화라고 할 수 있다. 그만큼 뒷담화가 일상이었다. 특히 점심시간에는 식사 내내 상사의 험담을 했다. 어쩌다 이야깃거리가 떨어지면 다른 부서 이야기로 넘어갔다. 팀장은 "우리가 이렇게라도 해서 스트레스를 풀어야지. 안 그럼 화병 나서 죽어."라며 뒷담화 문화에 앞장섰다. 물론 나도 한몫했다. 나 역시 맘에 들지 않는 상사의 험담을 쏟아 내면 그 순간만큼은 속이 시원해지는 것 같고, 팀원들이 다 같이 험담에 동참해 주면 위로도 되었다.

그러다 이게 습관이 됐구나 하고 느낀 순간이 있었다. 그다지 불만이 많이 쌓인 것도, 또 상사의 입장을 이해하지 못 하는 것도 아니었음에도 불구하고 머릿속에서 나도 모르게 험담거리를 찾고 있었다. 정신을 차려 보니 의미 없는, 그야말로 험담을 위한 험담을 쏟아 내고 있었다. 속이 시원하기는커녕 오히려 뭔가 찜찜한 기분이 들었다. 이런 내 모습이 너무 못나 보이기도 했다. 어린 팀원들 앞에서 이게 뭐 하는 짓인가, 같이 힘내서 잘 해 보자고는 못할망정 나서서 팀 분위기나 망치고 있고…. 참 한심하단 생각이 들었다. 그 후로는 누군가의 험담보다는 주말에 무얼 하면서 지냈는지, 최근 본 영화나 뉴스 등의 이야기를 꺼냈다.

그러나 이미 굳어진 문화는 나 하나 노력한다고 쉽게 바뀌는 게 아니었다. 특히나 제일 윗사람이 변하지 않는 이상 변화를 꿈꾸기는 어려웠다. 점점 팀원들과 보내는 험담 시간이 힘들어졌고 그 시간이 아깝다는 생각마저 들었다. 또, 곧 이 험담의 화살이 내부로 향하겠구나 하는 생각도 들었다. 험담을 즐기는 집단은 반드시 그들끼리도 험담을 하기 마련이다. 다 같이 모여 있으면 같은 편인 것처럼 보이지만 누군가 자리를 비우면 그 사람에 대한 이야기를 한다. 아니나 다를까 우리는 서로를 험담하기 시작했다. 밖에서 보기에는 단합 잘 되는 팀처럼 보였는지 몰라도 안을 들여다보면 복잡하게 얽히고설켜 있었다.

뒷담화 문화에 진절머리가 날 때쯤 회사를 나왔다. 회사를 나오고 나서 한참 후에 알았다. 나에 대한 뒷담화가 있었다는 것을. 그리 놀랍지는 않았다. 어쩌면 당연한 일이었다. 그런데 험담을 넘어 헛소문까지 돌았다는 이야기를 들었을 때는 참 당황스러웠다. 그리고 그 얼토당토않은 헛소문을 사람들이 믿었다는 사실에 놀라웠다.

뒷담화를 즐기는 이유는 둘 중 하나다. 우선 사람은 본래 누군가를 헐뜯는 걸 좋아한다. 좋은 것은 안 좋게, 안 좋은 것은 더 안 좋게 이야기한다. 성숙한 사람은 이 감정을 잘 조절해서 되도록 다른 사람 앞에서 누군가의 이야기를 안 하려 하지만 미성숙한 사람은 감정대로 움직인다. 욕하고 싶으면 욕하고 헐뜯고 싶으면 헐뜯는다. 그렇게 스트레스를 푼다. 그리고 두 번째로는 마음속에 열등감이 있기 때문이다. 상대방이 나보다 뛰어나다고 생각할 때 성숙한 사람은 나도 열심히 해야지 하고 마음을 먹지만, 성숙하지 못한 사람은 열등감 때문에 어떻게든 상대방을 끌어내리려 한다. 그 방법 중 하나가 뒷담화다. 뒷담화를 하는 동안에는 내가 상대방보다 나은 것처럼 느껴진다. 환각 상태에 있는 것이나 마찬가지이다.

뒷담화를 즐기는 사람에 대한 대처법은 따로 없다. 그냥 멀리하는 게 상책이다. 뒷담화를 한다는 건 그 이유가 뭐가 됐든 미성숙하다는 이야기다. 나이를 먹는 것과 성숙함 역시 비례하지 않는다. 미성숙한 사람은 사십, 오십 혹은 육십이 되어도 똑같은 행동을 한다. 가까이 있으면 물들 위험만 커진다. 뒷담화는 한번 빠지면 헤어나기 쉽지 않다. 멀리할 수 없다면 보면서 배울 수밖에. 그리고 다짐하는 것이다. '나는 저러지 말아야지.' '저렇게 늙지는 말자.' 어떻게 살아야 할지 몸소 보여 주는 뛰어난 스승이 따로 없다.

그렇게 잘 알면
책 한번 내 봐

이소영 마이크로소프트 이사는 〈세바시〉에서 커뮤니티 리더십을 이야기하면서 어릴 적 부모님의 교육 방식을 잠깐 소개했다. 내용은 대략 다음과 같다.

"부모님이 두 분 다 나를 가르치려 들지 않으셨다. 오히려 내가 부모님을 가르칠 수 있도록 격려해 주셨다. 영어 단어를 배우면 부모님께 영어 단어를 가르쳐 드렸고, 좋은 책을 읽으면 엄마에게 달려가 이야기했다. 사실 어린아이가 배운 게 얼마나 대단했겠는가. 근데 부모님은 늘 내가 하는 이야기에 귀 기울여 주셨고 배운 지식을 나누는 게 중요하다는 걸 알게 해 주셨다."

멋진 부모님이란 생각이 들었다. 부모가 되면 자꾸 뭘 가르치려 든다. 아이가 어릴 때는 가르칠 게 많겠지만 어느 정도 혼자 생각할 수 있는 나이가 되면 무작정 가르치기보다 스스로 생각해 보게 해야 한다. 이젠 충분히 혼자서도 결정할 수 있는 나이가 됐음에도 불구하고, 때론 부모보다 더 훌륭한 생각을 하는데도 불구하고 부모는 계속해서 가르치려 한다. 이젠 내가 알아서 하겠다고 하면 마치 큰 불효라도 저지르는 것처럼 머리 컸다고 이젠 부모 말도 안 들으려 한다며 역정을 내기도 한다. 성인이 되고 나서 부모가 가르쳐 주는 것은 사실 가르침이라기보다 잔소리에 가깝다. 부모가 자꾸 가르치려 들면 자식은 힘든 법이다.

그런데 심지어 부모도 아니면서 자꾸 가르치려는 사람들이 있다. 습관처럼 누군가를 가르치려 든다. 물어보지도 않은 것을 자꾸 알려 주겠다며 설명한다. 평소 관심이 있었거나 알아 두면 도움이 되겠다 싶은 이야기라면 집중해서 듣겠지만 그렇지 않은 경우는 오래 집중해서 듣기가 힘들다. 설명만 하면 그나마 다행이다. 딴생각이라도 하면 되니까. 근데 가끔 중간중간 질문까지 한다. "이게 왜 그럴 거 같아?" "문제가 뭘 거 같아?" 당황스럽다. 난 그 문제에 대해 생각해 본 적도, 생각하고 싶지도 않다. "글쎄…, 잘 모르겠는데."라고 하면 "거 봐, 사람들이 이렇게 모른다니까."라며 더 흥분해서 말을 이어 간다. 그때부터가 본격적인 시작이라 할 수 있다. 이제까지 한 이야기는 그냥 서론에 불과하다. 한참 듣다 보면 내가 지금 이 얘기를 왜 듣고 있어야 하나 싶다. 그저 빨리 끝나기만을 기다린다.

자꾸 가르치려는 사람들의 마음을 잘 들여다보면, 내가 알고 있는 것을 나누려는 마음보다는 자신이 알고 있다는 사실을 알리기 위한 마음이 훨씬 크게 자리하고 있다. 그들은 누군가를 가르침으로써 상대방보다 자신이 우위에 있다는 느낌을 즐긴다. 말하는 중간에 "이걸 몰라?" 혹은 "모를 줄 알았어."라고 하면 백 퍼센트다.

필요 이상으로 누군가를 가르치려 드는 사람은 대부분 권위 의식에 사로잡혀 있다. 그래서 뭐라도 가르침으로써 권위를 살리고자 한다. 가끔 회사에서 상사와 점심 식사를 같이하다 보면 상사는 꼭 그렇게 뭘 가르치려 든다. 업계 이야기까지는 이해하겠는데 미래 사회 변화, 경제 흐름 등을 설교할 때는 '밥 좀 먹자'라는 생각이 절로 든다. 가르치고 싶어서 같이 밥 먹자고 했구나 싶은 생각 마저 든다.

요즘은 자꾸 가르치려 드는 사람이 있으면 이렇게 말한다. "그 분야에 대해서 잘 아나 보다. 책 한번 내 봐. 책 내면 대박 날 것 같은데." 그럼 "책은 무슨."이라며 좀 잠잠해진다. 장황하리라 예상한 설명이 예상보다 빨리 끝난다.

셀프 칭찬을
칭찬해

칭찬을 받아 본 지가 오래됐다. 회사에서는 칭찬이란 있을 수도 없는 일이었고, 바라서도 안 되는 일이었다. 많은 일을 해내도, 어려운 일을 처리해도, 좋은 제안을 해도 칭찬을 들을 수 없었다. 특히 직급이 올라가고 경력이 쌓일수록 모든 것들은 당연한 일이지 칭찬받을 만한 일은 아니었다.

종종 무리한 지시를 받을 때가 있었다. 보통은 상의 후 일정을 조정했지만 그런 게 전혀 통하지 않을 때도 있었다. 이때는 달리 방법이 없다. 무조건 해야 한다. 주말에 출근을 하든, 집에 싸 들고 가서 해 오든 그건 알아서 할 일이다. 어떻게든 해야 했다. 힘들게 마무리해서 보고를 올리면 돌아오는 반응은 항상 똑같았다. 고개도 들지 않은 채 하는 상사의 "수고했어요."라는 말은 허무 그 자체였다. 그래도 "거 봐, 할 수 있잖아. 해 보지도 않고 안 된다고 그래."라고 하는 사람보단 낫다며 스스로를 위로했다.

이렇게 안간힘을 다해 주어진 일을 처리하면, 그 만큼의 일이 내 능력으로 처리할 수 있는 일이 되어 있었다. 칭찬 대신 더 많은 일이 돌아오는 이 아이러니함. 한번은 도저히 안 될 것 같은 요청을 받았다. 사실 요청이라기보다 지시에 가까웠다. 터무니없이 많은 양의 일을 가져와서는 내일까지 처리해 달라는 것이었다. 나는 지금 하는 일도 있고, 내일까지는 아무래도 힘들 것 같다고 했지만 그는 그건 네 사정이라는 듯 들으려 하지 않았다. 대신 꼭 부탁한다며 돌아가는 길에 어이없는 한마디를 남겼다.

"파이팅!!"

내 두 귀를 의심했다. 지금 '파이팅'이라고 한 거야? 지금 나랑 싸우자는 거야? 파이팅 같은 소리하네. 내가 한 말이 말 같지 않은가 보지? 속이 부글부글 끓어올랐다. 그래도 어쩔 수 없었다. 하는 수밖에. 회사 일을 망칠 수는 없으니까. 결국 또 집까지 일을 싸 들고 갔다. 저녁을 먹고 아이를 재운 뒤 다시 일을 시작했다. 다음 날 마무리해 이메일로 보냈더니 기다렸다는 듯 바로 답장이 왔다. "감사합니다." 앞뒤로 다른 말은 한 마디도 없었다. 뭘 더 바라겠냐만 왠지 이때의 '감사합니다'에서는 전혀 감사함이 느껴지지 않았다. 대신 '다행이다'가 느껴졌다.

칭찬은 집에서도 들을 수 없었다. 이 역시 바라서는 안 되는 것이었다. 청소든 밥이든 아이 숙제를 봐주는 것이든 뭐든 엄마로서 당연한 일이었다. 오히려 늘 부족한 엄마이자 아내였다. 전업주부라는 절대 따라잡을 수 없는 비교 대상이 있었기 때문이다. 맞벌이를 하는 나로서는 그들에 비해 늘 부족했다. 남편은 항상 불만이 많았다. 남들은 집에서 다들 대접받는다는데 자기는 대접은

커녕 밥도 제대로 못 얻어먹고 다닌다는 것이었다. 누가 그렇게 대접을 받고 산다는 것인지, 제대로 된 밥은 뭘 말하는 것인지 알 수 없었다. 속은 부글부글 끓어올랐지만 그래도 그런 소릴 들은 이상 뭐라도 해야겠다 싶어 이런저런 노력을 해 봤지만 별 효과도 없었고, 남편의 불만도 가실 줄을 몰랐다. 나중엔 약간의 포기 상태가 되어 남편의 잔소리가 시작되면 또 시작이구나 하면서 어린아이의 투정쯤으로 받아들이기로 했다. 그래야 내가 살 수 있으니까.

점점 지쳐 갔다. 일과 역할에 지쳤다기보다 무심한 사람들에게 지쳤다. 아이만 칭찬을 바라는 게 아닌데, 대단한 칭찬을 바라는 것도 아닌데 그게 그렇게 어려웠을까. "잘하고 있어." "고생 많았네." 이 한마디면 되는데 사람들은 왜 그리도 말을 아끼는 건지.

퇴사를 하고 나니 오히려 칭찬을 자주 듣게 되었다. 그림을 배우러 가면 선생님은 "잘하셨는데요?" "선이 좋으시네요."라며 작은 것 하나에도 칭찬을 아끼지 않았다. 물론 처음 배우는 사람이니 격려차 하는 말이란 걸 잘 알면서도 기분은 좋았다. 일본어 학원에서 원어민 선생님은 내가 회사를 그만둔 것을 알고는 이제 시간도 많아졌으니 일본어로 작문을 해 보면 어떻겠냐고 하셨다. 그동안 남의 글만 번역했지 정작 내 글을 써 본 일이 없던 나는 흔쾌히 해 보겠다고 했다. 선생님은 내가 일본어로 써 온 작문을 보고는 내용도 좋고 표현도 좋다고 늘 칭찬해 주셨다. 다음 글이 기다려진다는 말도 잊지 않으셨다. 일본어 전공자가 일본어로 글을 쓰는 것에 대해 칭찬을 받는다는 건 사실 별 의미가 없다. 잘 알지만 들을 때마다 기분이 좋은 건 어쩔 수 없었다. 칭찬은 고래도 춤추게 한다지 않는가. 다음번엔 더 잘해야지 하는 마음마저 들었다.

　퇴사하고부터는 블로그에 글을 많이 올렸다. 댓글도 전보다 훨씬 많이 늘었다. 사람들이 댓글에 달아 주는 칭찬이나 응원의 메시지가 뜻밖에도 큰 힘이 되었다. 목소리를 직접 듣는 것도, 만나서 하는 말도 아닌데 가끔은 이게 뭐라고 힘이 나지 싶다가도 댓글을 읽다 보면 그냥 힘이 났다. 나도 자연스럽게 다른 사람들의 블로그 글에 공감과 응원의 메시지를 남기게 됐다.

칭찬은 별것 아닌 것 같지만 굉장한 에너지원이 된다. 없던 용기도 낼 수 있게 해 주고, 더 잘해 보고자 하는 의욕도 불러일으킨다. 그러나 애석하게도 사람들은 칭찬에 지나치게 인색하다. 특히 회사나 가족들은 칭찬을 하면 큰일이라도 나는 줄 안다. 자꾸 채찍질을 해야 더 나아진다고 생각하는 듯하다. 어떤 이는 칭찬을 하면 거만해지기만 한다는 말도 안 되는 소리를 하기도 한다. 말도 안 되지만 그들의 생각을 바꾸긴 어렵다. 바꾸려 하면 내 힘만 빠질 뿐이다. 그렇다면 어쩔 수 없다. 칭찬을 기다리느라 목 빼지 말고, 또 오지 않는 칭찬에 마음 상하지도 말고 내 칭찬은 내가 하자. 칭찬 안 해 준다고 투덜거리지도 말자. 그랬다간 애 취급당하기 딱 좋다.

머리 한번 쓰다듬으며 말하자. "나 진짜 잘했네." 어깨도 한번 토닥여 주자. "잘하고 있어." 내 칭찬은 내가 하자. 물만 셀프로 가져올 것이 아니다. 칭찬도 셀프로 하자.

자기만의
숨구멍

　뭉크의 〈절규〉를 처음 보자마자 내 머릿속에 떠오른 생각은 '이게 뭐야? 무슨 그림이 이래?'였다. 기분이 좋아지는 그림도, 마음이 안정되는 그림도 아니었다. 오히려 볼수록 마음이 심란해지고 우울해졌다. 도대체 이 그림이 왜 그렇게 유명한지, 왜 명화라고 하는 건지 이해할수가 없었다. 그러다 뭉크라는 화가가 궁금해졌다. 그는 왜 이런 그림을 그렸을까.

　뭉크의 어머니는 그가 다섯 살 때 폐결핵으로 사망했

다. 또 그의 누나는 그가 열네 살 때 세상을 떠났다. 뭉크의 아버지는 어머니의 사망 이후 광적으로 변해 갔다. 여동생 중 한 명은 정신병 진단을 받았고, 남동생은 결혼 후 얼마 뒤에 죽었다. 뭉크 자신도 허약 체질로 태어나 어려서부터 죽음에 대한 두려움을 늘 느끼고 있었고, 실제로 류머티즘, 열병, 불면증을 앓았다. 심지어 그는 몇 차례의 혹독한 실연도 겪었다.

잠시 그의 처지를 상상해 보는 것만으로도 숨이 막힌다. 이런 환경에서 도대체 어떻게 생을 붙잡을 수 있었을까 싶다. 표현주의의 선구자로 불리는 뭉크. 그가 이렇게 불리는 까닭은 뭉크 이전의 화가들이 눈에 보이는 것을 그대로 그렸다면 뭉크는 내면(의 어둠)을 작품으로 표현해 냈기 때문이 아닐까.

남편은 운동을 좋아한다. 헬스장에서 운동하는 것도 좋아하고, 야외에서 자전거를 타는 것도 좋아한다. 특히 달리기를 좋아한다. 약간 중독 수준에 가깝다. 왜 저렇게 열심히 하나 싶기도 하다. 나는 가끔 그런 남편을 보고 농담을 던진다. "그럴 거면 차라리 태릉에 들어가지 그래." 그럼 남편은 이렇게 말한다. "그럴까? 이참에 운동선수나 할까?" 남편은 일에 지쳤을 때, 나와 다퉜을 때, 기분이 우울할 때처럼 뭔가 안 좋은 일이 있을 때마다 나가서 운동을 한다. 땀이 비 오듯 쏟아질 정도로 운동을 한 후 샤워를 하고 나왔을 때의 기분이 세상에서 제일 좋다고 한다. 그 순간만큼은 모든 스트레스가 날아가는 것 같단다. 남편에게 운동은 숨구멍과 같았다.

나도 나만의 스트레스 해소법이 있어야겠다 싶었다. 그동안 나는 별다른 취미도 없었고 운동도 그다지 좋아하지 않았다. 일과 육아를 병행하고 있었기 때문에 뭔가를 새로 배울 만한 여유도 없었다. 취미랄 것까지는 아니지만 대신 출퇴근 시간 사이사이 독서와 사색을 했다. 책을 읽다가 어떤 생각에 빠져들면 습관적으로 계속 넓혀나가고, 논리를 세우고, 정리해 갔다.

문득 이런 생각들을 기록해 보는 건 어떨까 하는 생각이 들어 블로그를 이용해 보기로 했다. 블로그에 책을 읽고 느낀 점, 평소 생각했던 것들을 하나씩 적어 나갔다. 올리는 글의 수가 늘어나자 방문자 수가 늘어났다. 공감을 의미하는 하트 표시가 생겼고 댓글이 달리기 시작했다. 별것 아닌 하트 표시 하나가 "나도 네 맘 다 안다."라고 말해 주는 것만 같았다. "맞아요."라는 길지도 않은 댓글에 위로를 받기도 했다. 다른 사람들의 글을 보기도 하면서 '이렇게 사는 사람도 있구나' '이렇게 생각할 수도 있겠구나'하고 나를 돌아보게 되었다. 전혀 몰랐던 세상을 알게 되었다. 회사와 집만 오가던 내게는 마치 신세계와도 같았다. 이렇게 해서 나에게도 숨구멍이 하나 생겼다.

뭉크는 죽음과 실연 같은 감당할 수 없는 감정을 그림으로 승화시켰다. 뭉크의 그림이 높게 평가되는 이유는 바로 이 때문이 아닐까. 항상 죽음을 두려워했던 뭉크는 81세까지 살았다고 한다. 지금은 장수라고 할 수도 없지만 당시로서는 상당히 장수한 편에 속한다. 우울하고 불안했던 감정을 모두 다 그림으로 날려 버린 덕분에 그럴 수 있지 않았을까.

김창옥 강사는 한 강연에서 이렇게 말했다.

"살면서 숨을 참아야 할 때가 종종 있습니다. 누군가에게 만족감을 주기 위해, 일을 완벽히 해내기 위해, 팀에 분쟁이 생기지 않도록 하기 위해서 우리는 숨을 참습니다. 그런데 숨을 쉴 줄 모르면서 숨을 참으면 문제가 생깁니다. 사람은 자기가 좋아하는 일을 할 때 숨을 쉴 수 있습니다. 하고 싶은 건 전혀 못하는 상황에서 해야 할 일만 하게 되면 숨을 쉴 수 없게 되는 거죠."

스스로 좋아하는 일을 찾아야 한다. 뭉크에게는 그림이, 남편에게는 운동이, 나에게는 글쓰기가 있듯이 우리 모두 자기만의 숨 쉴 수 있는 일, 숨 쉴 수 있는 공간을 확보해 놓아야 한다. 살면서 숨이 턱 막힐 때 나만의 숨구멍이 하나라도 있다면 어떻게든 버틸 수 있다. 그리고 다시 도전할 힘도 얻을 수 있다.

　사람 사이에서 지치고, 때론 누가 뭐라고 한 것도 아닌데 혼자서 괴로울 때가 있다. 이런 내 괴로움을 아무도 모르는 것 같으면 더 힘들고 외롭다.

　이 사람 배려하고 저 사람 배려하다 보면 정작 나를 배려하지 못해 지칠 때도 있다.

　어떤 땐 절대 상처 따윈 받지 않겠다는 각오로 강한 척도 해보지만 힘만 들뿐 내 속은 더 너덜너덜해진다.

　누군가의 한마디가 하루 종일 거슬릴 때도 있다. 잊어보려 하면 할수록 더 생각이 난다.

　듣기 싫은 말을 눈치 없이 자꾸 해대는 누군가로 인해

속이 부글부글 끓기도 한다. 그런데 듣기 싫으니 그만하라는 말을 못 하는 내가 더 싫다.

이럴 때면 내 감정은 요동을 친다. 화가 나기도 하고, 상대방이 밉기도 하고, 바보 같은 나를 탓하기도 한다.

감정은 감정대로 상하지만, 뭐 하나 바뀌는 게 없다.

어딜 가나 나를 힘들게 하는 사람은 있고 게다가 피할 수 없는 사람도 있다. 어떤 노력을 해도, 또 아무리 시간이 흘러도 그들은 바뀌지 않는다. 나는 이 진리를 꽤 늦게 깨달았다. 바꿀 수 없는 것을 붙잡고 오랜 기간 속을 태우고 때론 기필코 바꿔 보겠다며 많은 에너지를 쏟기도 했다. 그럴수록 내게 남는 건 상처뿐이었다. 많은 시행착오 끝에 바꿀 수 있는 건 오직 나 하나뿐이라는 걸 깨달았다. 더 정확히 말하자면 내가 바라보는 시선이다. 같은 일을 두고도 내가 어떻게 바라보느냐에 따라 상처가 되기도 하고 전혀 그렇지 않기도 했다. 또 내가 굳이 의미를 두면 의미 있는 일이 되기도 하고, 별일 아닌 걸로 생각하면 정말 별일이 아닌 게 되었다. 게다가 가져가기 버거운 건 마음을 비우고 내려놓으니 한결 편해졌다. 모든 건 나에게 달려 있었다.

이 모든 건 그 누구를 위해서도 아니다. 오직 나를 위해서다. 내 마음이 편하고 내가 행복하기 위해서다. 나는 내가 행복했으면 좋겠다. 그래서 내 마음이 편한 길을 택했다. 버릴 건 버리고 피할 건 피하고 받아들일 건 받아들이기로 했다. 마음이 더 이상 복잡해지지 않았다. 이젠 복잡한 게 싫다. 되도록 가볍고 편하게 그리고 행복하게 살고 싶다. 그러니 당신도 무례한 사람들로부터 상처받지 말고 자유롭게 자신을 사랑하며 행복했으면 좋겠다.

내게 이런 큰 깨달음을 주기 위해 여러모로 애써주신 주변의 많은 분들에게 고마움을 느낀다. 그분들 덕분에 내가 성장할 수 있었다. 이와는 별도로 글 쓰는 동안 많은 지지와 응원을 보내 준 남편과 아들에게 특별히 고마움을 전하고 싶다.

참견은 빵으로 날려 버려

초판 1쇄 발행 2020년 07월 15일
초판 2쇄 발행 2020년 07월 20일

지은이 김자옥
펴낸이 김기용·김상현

편집 전수현   **디자인** 이현진
마케팅 김혜빈 김혜지 박혜진 염시종 최의범

펴낸곳 필름(Feelm) 출판사
등록번호 제2019-000086호   **등록일자** 2016년 6월 13일
주소 서울시 마포구 월드컵북로5가길 31, 2층 (서교동 447-9)
전화 070-8810-6304   **팩스** 070-7614-8226   **이메일** office@feelmgroup.com

---

필름출판사 '우리의 이야기는 영화다'

우리는 작가의 문체와 색을 온전하게 담아낼 수 있는 방법을 고민하며 책을 펴내고 있습니다.
스쳐가는 일상을 기록하는 당신의 시선 그리고 시선 속 삶의 풍경을 책에 상영하고 싶습니다.

홈페이지 feelmgroup.com   **인스타그램** instagram.com/feelmbook

ISBN 979-11-88469-55-0 (03810)